宮沢賢治、中国に翔る想い

宮沢賢治、中国に翔る想い

王　敏
Wang Min

岩波書店

MIYAZAWA KENJI, CHUGOKU NI KAKERU OMOI

by Wang Min

This Japanese edition published 2019
by Iwanami Shoten, Publishers, Tokyo
through The Japan-China Publishing Alliance for China-themed Books.
中国主題日中出版連盟

目次

プロローグ　宮沢賢治と中国

――「心象スケッチ」の根源を探る――

1　日本の心を教えられて
――外国人の賢治研究の意味――

中国で生まれ、中国で育った私であるが、日本で生活して一〇余年。ありのままの日本の文化が好きである。嫌な部分も含めて。

わび・さびを味わせてくれる庭園、死生の意味を考えさせ、自然との共生を喚起させてくれる神社や寺、上品な現代ファッションの揃うデパート、味を競う多彩な多国籍料理……どこを歩いても発見が絶えない。なぜ、これほどに日本と肌合いが合うのか。留学で初めて日本に来たのが二七歳の時。すでに世界観と人生観がある程度固まりつつある年齢でありながら……。

祖国中国は、ラストエンペラーの世紀から封建主義、民衆主義、社会主義の道をたどって国家単位の模索を続けている。

『上海の長い夜』を読んだ時、「社会主義は恐ろしそう」という印象を受けたり、『ワイルド・スワン』を読んで「中国は暮らしにくそう」という感想を持つ日本人は多いようだ。

私は新中国に育って幸運だと思っている。なぜなら、五〇〇〇年来の文明を、たかだか五〇年で変革しようとする試みは壮大な社会実験及び歴史のロマンではないか。実現への過程には当然失敗あり、抵抗あり、痛みを伴う激変が続いている。この社会変革に自身を置き、自ら参加してきた体験は代え難いものだ。

「不条理な中国にいたので、自分の夢が実現できなかった」。自分の不遇を環境のせいにする人が時々いる。しかし、私はそう思わない。かつて日本に亡命した革命家孫文、新中国を打ち立てた毛沢東、七転び八起きの鄧小平たちは、みな極めて困難な環境を潜り抜けて、新しい局面を切り拓いたではないか。

私は革命期の偉人たちに多くを学ぶ。不条理は個人の教材になり、個人を強くする。代え難い体験として、そのすべてに感謝したい。中国ほど、得がたい社会学と人間学の研究室はないと思う。

その中国は前世紀、日本に侵略された。私が小学校時代から、習った教科書、見た映画、歌った歌、見学した施設や展示会では、日本軍といえば鬼のイメージしかなかった。また、文化大革命の時、日本人と関係あった人が追及され、特務のレッテルが張り付けられた。日本及び日本人が恐ろしい存在という印象が子供心に植え付けられたことは否めない。

私はときどき、好きな庭園の東屋に座り、澄んだ青空を眺め、小鳥や虫の音を聞きながら、日本との接点は自分の過去のどこにあったのか、考える。最初に浮かぶのは、私の母の師がすばらしい日本人医師であったことである。その立派な人間像を母から聞かされたことは大きい。

「鬼」と教え込まれた日本人のイメージとのギャップが、むしろ日本人への関心と興味を高めさせたようである。

一九歳で大連外国語大学に入った時、日本及び日本文化、文学を専攻した。同じ漢字文化圏であるから、外国語としては学びやすいとみた理由もあったが、日本と日本人に対するギャップを自分の中で整理したい思いが動機になった。以来、四川外国語大の大学院を経て、ずっとこの道を離れないできた。

そして、何よりも私の日本への関心を、宮沢賢治が強めたことは確かである。最初の出会いは、大学院で、日本からの派遣教師の石川一成先生が配ったガリ版刷りの「雨ニモマケズ風ニモマケズ……」の詩であった。

民族の違いを超えて訴えてくる素朴な叫びは新鮮で、衝撃的であった。「鬼の日本に、世界に満遍なく通じる作品を書く人がいる」と驚いた。さらに、賢治に会った中国人詩人の黄瀛《こうえい》先生が大学院にいたことも賢治と私のかかわりにとっては大きいものであった。九〇歳を超えるご長寿のこの恩師に、賢治の実像を聞けたことは代え難い経験であった。

偶然から始まったような、日本そして宮沢賢治とのつきあいではあるが、必然とも絡みあっているように思われる。それは、なかなか理性的に説明できない感性的なところでもある。

さて、私の息子は日本育ち。小学校二年生の時に、広島でアジア大会が開かれた。図画の宿題のテーマになった。息子の描いた画面に、両手に応援の国旗を持つ男の子が現れた。片手に「日本」、もう一つは「中国」が描かれていた。アジア大会をテレビで見ると、息子が声高々に「日本、頑張れ」、「中国、頑張れ」と叫んだ。差別しない自然な営みである。既成概念のない子どもの素直な表現だと思った。

大人はどうだろう。既成概念に固まりやすい。そこからなかなか脱出しにくいところがある。例えば、一部の日本人にアジア蔑視の意識がある。経済的に立ち遅れている国を一段低く見る、型にはまった考え方から発したものである。精神文明の中身は金銭、経済力の尺度で測れないはずである。

経済力から見れば日本は間違いなく「先進国」である。しかし精神文明への理解について、経済力との大きなアンバランスがよく問題になる。経済力の指標だけで先進国であるとの自認・自称は、傲慢のもとでもある。特に国際的な立場に立たされると、独り善がりの判断をしがちになる。日本が叩かれ、尊敬されない要因の一つでもあろう。

もちろん、中国人の一部にも中華思想の副作用に毒されているところがある。対日関係を含め、日本を見る場合客観性が欠け、日本への関心がまだまだ薄いところがある。たとえば、中国人による日本と日本人をテーマにした研究の数は、西洋をテーマにした研究と比べて多くない。なぜか——

明治維新の成功は中国に大きい啓示になった。中国の前近代性を打ち破る必要をようやく中国も気付いたのである。清朝政府は一八九六年六月一五日、日本に第一回目の留学生一三人を送る。現在、日本への中国人留学生は三万人を超している。日本留学が一世紀を超し、いくつかの高揚があって、現在は第二次最盛期といわれる。しかし、明治以来、中国人留学生は主に日本で取り入れた西洋の学術研究の成果を学んだ。言うなれば、隣国で手っ取り早く西洋の学問を習得できるからである。これは、現在もほとんど変らない。

日本は身近な西洋への教材とみる中国人が多いのである。特に日本文化と文学についてわざわざ研究する必要を感じない。「知日派」をなのる必要がないほど、「知日派」と自分たちを思い込んでいる。日本文化を見る眼は無意識のうちに「亜流」ですませてしまうからである。一方、日本人に、中国をよく知っていると思い込みの「知中派」も多い。こうして日中関係は過去の歴史を引きずって、とくにこの半世紀、日本はアメリカに目を向け、中国は社会主義化した。大きく激変しても、お互いに同文同種の錯覚に落ち込んでいるところがある。

（拙論「同文同種の思い込みが生む認識の誤作動」一九九九年一一月）

日本文化あるいは日本文学を研究する場合、日本を中国文化の「出先」あるいは「分家」と見ることは間違いである。研究という以上、偏見や先入観を除外しなければならない。日本のありのままを見るように研究姿勢を練磨涵養することが必須である。客観的にみる〝視力〟をもつ必要があった。

実は二〇代の私も以上述べたように感情的、主観的に日本を見ていた。日本留学を経験していても、いつも感情的な反発と理性的になりたいという困惑の中で揺れ動き、答案が見つからず、思索に疲れた。その都度、書籍に書かれたものを参考にしたし、経験者のアドバイスを貴重なものとして受けとめるよう努めたが、その限界も強く感じた。自らの体験に基づいた主観は頑固であるから、これを改めて確かめ、見つめ直すには、新たな体験に基づく整理と昇華が必要なのだろう。

自分の対日感情に戸惑いながら、思いめぐらした結果、自分にも想像もできなかったひとつの志向が芽生えた。再び日本に行き、日本という社会全体を研究室に見たて、その中で日本を体験・勉強したいということであった。ついに私は一九八九年、六年ぶりに再び来日。以来、在住している。その後、日本の学習・認識・研究を繰り返してきた。

さらに、得られたものを私の背景にある中国文化と比較し、その深層に潜む日本的なものと普遍性とをえり分けてきた。時にはこれを肉付けするため、実体験による検証を心掛けた。例えば、宮沢賢治文学の舞台に西域の砂漠があれば、西域に寄せる日本人の心情を探る必要を感じ、タクラマカン砂漠を歩いたりした。また、神農について詠う詩歌に導かれて、日本の庶民信仰として現在も生き続ける身近な神農の在所を調査したりした。

結局、既成概念にとらわれるのを戒めた結果、比較の手法を学び、また、文化人類学の体験調査に啓発されながら、「合わせ鏡」という方法を見つけた。実に望外の喜びである。日中文化の実像を「合わせ鏡」に映せば、同じように見えるものが実は相違点に満ち、異質に見えていたものに共通性を発見したりすることがある。等身大で両国の文化を比べるというごく当たり前の視点がようやく肌でとらえられるようになる。文化とは地域、歴史、風土などに応じて、独自の変遷を累積していくものであると教えられた。

考えれば、この「合わせ鏡」の研究法を悟らせてくれたのが、日本人の宮沢賢治であった。

2　宮沢賢治像の未探求分野へ

宮沢賢治は多芸多作であった。詩は八〇〇編余り。童話一〇〇編。短歌が約千首。そのほか歌曲、教材用絵図、演劇、花壇の設計なども残した。賢治のマルチぶりが幅広いファンをつくりだしているのであるが、賢治の魅力は、箇条書きすれば、

① 民族・国境を超えた作品であること。ファンタジーの世界を舞台にして描かれ、アジア人にはアジア的な、ヨーロッパ人にはヨーロッパ的な読み方ができる不思議なイメージが広がる。特定の国の、地域の民族を意識させせない様式で内容を彩ることで、あらゆる国

や民族に共通する「コスモス型文学」になっている。

② コスモポリタン的な舞台、あるいは登場人物でありながら、そのすべてが個性的であり、智とユーモアに溢れている。

③ 作品に共通して深い余韻があり、飽きさせない。考えさせる暗示を残し、教訓的でありながら、嫌味がない。

④ 賢治自体が奥深い、幅広い人間性に溢れる。哲学者ほど堅くない、思想家ほど鋭くない、宗教家ほど偏執しない、科学者ほどこだわらない、教育者ほど論理的でない、実践家ほど現実的でないなどの多角的な見方が可能になる人間像をもっている。

私は『ブリタニカ国際年鑑一九九七年版』掲載の拙稿「国際人としてよみがえった宮沢賢治」で、以上のように整理したことがある。私の場合は、賢治を知ると同時に強い興味をもち、大学院時代(一九七九年)に研究を始めた。中国人が触れてほしい日本の作家という思いから、ほぼ併行して中国語訳にも手を染めた。初訳は『注文の多い料理店』で、これは新中国成立後では最初の賢治紹介になった。その後も翻訳・紹介は私の責務のつもりで続けている。

このような魅力を持つ賢治は、外国人からみれば日本への興味を呼び起こす貴重なガイド役になると思っているのである。とくに、半世紀前の戦争の被害地域であるアジア諸国には日本文化、文学に対しても、ある種の感情的な抵抗感があるのだが、賢治作品にはすんなり親しめる特性があると思う。賢治の魅力がコスモス的性格を持つと言われているように、脱日本的、地球範囲または宇宙規模に広がりうるものとして、その普遍性が認められているからであろう。しかし、賢治の世界の源泉がどこにあって、どこへ流れていくのか、これを調べて究明したくなった。この作業は、私の広い意味での日本研究、日中比較研究のテーマにも通じる。同時に、自分の日本への関わりを確認させ、自己改革のきっかけにもなると考えたのである。私は賢治に誘われ、賢治の源流を探る旅に踏み出し、期せずして旅の途上で、賢治と中国との関わりに次々と出会ったのである。

賢治が中国を念頭に置きながら描いた作品は多い。その時代日本では、「支那」という言葉がふつうに使われていた。「支那」という語は『広辞苑』などによると、江戸中期ごろから日本でみられると言うが、明治の初め清朝統治の大陸を西洋と区別して盛んに使われ出したようで、当初モダンな語感であったと言う。賢治もこういう語感の空気の中で育ち、その時代の言語的制約を受けてごくふつうに「支那」を使った。「支那」が登場する主な作品を童話に限定して列挙してみよう。作品のあとの西暦・年号は、年月をかけ推敲を積み重ねた賢治の作品の傾向を考慮して、掲載作の最終推敲推定年である。

『旅人のはなし』　一九一七年(大正六年)
『花椰菜』　一九二二年(大正一一年)
『あけがた』　一九二二年(大正一一年)

『山男の四月』　一九二二年（大正一一年）
『電車』　一九二二年（大正一一年）
『ビジテリアン大祭』　一九二三年（大正一二年）
『土神と狐』　一九二三年（大正一二年）
『マグノリアの木』　一九二三年（大正一二年）
『雁の童子』　一九二三年（大正一二年）
『楢の木大学士の野宿』　一九二三年（大正一二年）
『紫紺染について』　一九二三年（大正一二年）
『風野又三郎』　一九二四年（大正一三年）
『山地の稜』　一九二六年（大正一五年）
『花壇工作』　一九二六年（大正一五年）
『饑餓陣営』　一九二六年（大正一五年）

「支那」の歴史・地理・民俗・風俗・文化・美術・医学・物産など、多方面にわたるイメージが作品になった。あとでも述べるが、賢治とその時代の日本人は漢文の素養を基本的にもっていた。中国に関する知識や教養のウエイトが常識として今よりはるかに大きかったとみてよい。

まとめられた賢治の蔵書リストによれば、『西遊記』『唐詩選』など数十冊の中国関係の書物が入っている。しかし、もともとの蔵書の多くは戦災で焼失している。ほかにもっと中国関係、中国古典が並んでいたであろうと、推察するしかない。蔵書による賢治の中国図書との接近を知るのには、このように制約を受けざるをえないが、賢治が学んだ旧盛岡高等農林学校の図書館には中国関係、中国古典が豊かにあったことが現存する当時のリストで分かっている。さらに、たびたび上京した賢治は帝国図書館通いを繰り返していた。賢治は得意の速読を駆使して、中国関係の書物を耽読したと想像する。「支那」に関する素養と知識を積み、「支那」のイメージを膨らませて濾過して書き溜めていったであろう。

日中文化交流の悠久なる歴史を振り返れば、文化形成に深く影響しあった濃密な精神的な交流を無視できない。美意識、宗教・道徳観、思考・生活様式など幅広く共通の基盤が存在したことは明らかである。こうした精神的な文化交流は、人的な渡航にプラスした書籍の媒介を抜きにしては考えられない。書籍が果たした役割は計り知れない。

賢治は一度も中国に渡ることはなかったが、古典作品を読み、そのときそのときで彼の創作の根源となる心中のスケッチの絵は、次々と作られては変化していったことであろう。大空の雲のように流れる一瞬間を書きとめていったのがひとつひとつの作品であったと考えたい。そのため賢治は想像をかきたてる読書を大いに求めたに違いない。

しかし、多角的な賢治研究の蓄積がなされてきたにもかかわらず、また第一部以下で見るように、賢治が中国を「心象スケッチ」した作品が多いにもかかわらず、中国との関わりを追究し考証した先行研究は極めて少ない。中国的視座からのアプローチがこれまでの賢治研究には欠けていたことは否めないのである。多面的な賢治像のなかで大きく欠落した側面ではないか。

繰り返せば、賢治は中国、特に中国古典の素養が不可欠であった時代に育った。このことは賢治の理解に中国、中国古典を通した研究視座が欠かせない理由である。そこで、私が無謀な試みだと承知しながら、中国、中国古典の素養が豊かであった賢治を浮かび上がらせ、これまでの賢治像の欠けた部分として、中国への深甚なる知識を膨らませ、中国的視座を研磨して作品に投射した賢治の新しい面を抽出することを狙った。新たな角度からの検証結果を示しながら、賢治像の不備を補い、その知恵の源泉の一支流としての中国について論じようと試みることにした。

3　賢治の中国像の源流

賢治の創作活動は多岐にわたり、たくさんの作品を書いたが、素材はもちろん中国古典にとどまらず、『法華経』及び世界各国の文学作品など、多様多彩である。それらすべてが賢治の思考の網にかかり、咀嚼されて、再生の息吹を与えられて、まったく新しいイメージに変るのである。私は中でも、先行の賢治研究に学びながら、中国との関わりという中心テーマに沿い、賢治文学への中国文化・文学の投影の源を探り出したかった。

賢治の中の中国像は鮮明であった。なかでも、もっとも焦点を結んだ映像が『唐詩選』『西遊記』など中国古典であるといえる。熟読玩味した漢詩や玄奘の世界を、賢治は固有の思考作用で濾過して新規な世界に作り変えていった。

言うまでもなく、賢治は優秀な想像力(創造力の方がふさわしい)の持ち主であり、そっくりそのまま作品に用いた個所は少ない。一目瞭然ではないのである。あるときには作品を構成する骨格であったり、シルエットを彩ったり、その投影の様相はさまざまである。それで、緻密な整理が不可欠という認識から、賢治の全作品に当たって、まず『唐詩選』『西遊記』との関連があるとみられる個所を細かく抜き出す作業を続けて数年がかりで分類整理した。そのリストをデータベース化して、『唐詩選』『西遊記』との照合に励んだ。

本書第一部は「宮沢賢治の『西遊記』」である。

たとえば、「悟空」「一躍十万八千里」「師父」「西天」……、これら『西遊記』の中心に位置する言葉が、賢治の作品に登場する。その頻度は激しい。さらに、偶然の一致とは思われないが、全作品に「西」を目指す旅についての描写が多い。ほぼ共通して「西」へ歩く人物も登場する。

地面が踏みに従って
小さい歪みをなすことは
天竺乃至西域の
永い夢想であったのである　（『春と修羅第二集』「亜細亜学者の散策」一九二四年七月五日）

西への旅の目的について父や知人への手紙に書き残されている。二二歳（大正七年・一九一八年）のとき「……若し財を得て支那印度にもこの経を広め奉るならば……」（書簡四四）などと書き送った。すさまじい信仰心が賢治をとりこにした。

敬虔な仏教徒になった賢治は、一九三三年（昭和八年）の彼岸の九月二一日に他界した。正午近く息をひきとったが、その二時間前に遺言した。国訳妙法蓮華経一〇〇〇部を友人知人に贈ってほしいと言ったことを、枕元で父の政次郎が聞き書きしたという。

……私の全生涯の仕事は、この経をあなたのお手元に届け、そしてその中にある仏意に触れてあなたが無上の道に入られんことをお願いするのほかありません。

明晰に、賢治の生きた意味を伝える言葉である。『法華経』の流布が、短い三七年の生涯の仕事だったと言うのである。賢治は「全生涯の仕事」において、自分の役割分担を決めていた。

わたくしはでこぼこ凍つたみちをふみ
このでこぼこの雪をふみ
向ふの縮れた亜鉛の雲へ
陰気な郵便脚夫のやうに
（またアラツディン　洋燈《ラムプ》とり）
急がなければならないのか

これは生前ただひとつの出版になった詩集『春と修羅』の冒頭作「屈折率」にある。艱難辛苦の修行僧に似た思いをにじませて「郵便脚夫」という表現を使った。唐の都・長安を発ち、遠く印度を目指した求法僧・玄奘の徒歩の旅を思わせる。玄奘の「西天取経」の十数年に及ぶ旅と同じように、賢治は求道者の使命と務めを自らに課したのであろう。自作の『風野又三郎』にある「大循環」に似せて、終りのない精神的な「大旅行」を続けるうちに、賢治は短い生涯を終えたのである。

八歳下の弟・宮沢清六氏によると、賢治の一生をながめて、次のような回顧文がある。

全く、幼い頃から私の見た兄は、特に中学生のころと晩年のころは表面陽気に見えながらも、実は何とも言えないほど哀しいものを内に持っていたと思うのである。父がときどき「賢治には前世に永い間、諸国をたった一人で巡礼して歩いた宿習があって、小さいときから大人になるまでどうしてもその癖がとれなかったものだ」としみじみ話したものだが、たしかにそのように見えるところがあった。

(宮沢清六『兄のトランク』)

うつむき、瞑想に耽る賢治の姿が浮かんでくるような清六氏の回想である。しかし、賢治は遺言で明らかにしたように「全生涯の仕事」と認識した以上、歩くことを止めようとしない。病を背負い、時間との競走を強いられたかのように前進し続けたのである。

中年生まれの賢治は幼少のときから『西遊記』を愛読した。故郷「イーハトーブ」の岩手県は北緯三九〜四〇度の位置で、タクラマカン砂漠の東の入り口だった「楼蘭」などとはほぼ同緯度である。これは偶然の一致にすぎないが、世界地図を見たときに気付くこの一致は、『西遊記』の舞台でもある西域幻想へ、賢治をいっそう駆りたてたと思われる。憑かれたように賢治は、精神のついの宿を求めて、作品の中で仏教の教え、聖地および求道への信念を「西」「西天」と象徴させ、それに向かって心象の世界で必死に歩きつづけた。歩くことにより、法華文学創作ならびに西天取経という心象の旅を完成させようとしたかのようである。

インドに誕生した仏教が中国に伝わり、やがて日本にも伝来する。伝来とともに異国の地でもとの姿を多少変えるものである。異文化との混同・融合によって本来の姿がみえなくなっているところもある。もう一度、本源に回帰していく文化の、思想の大循環の流れのように、玄奘と同じように賢治も「西天」を渇望したと思われる。

賢治は、玄奘に思いを馳せ、自分の足で印度への「大循環」の旅をしたような心象に耽ったのであろう。精神の世界で「大循環」を重ね、心の中で一歩ずつ近づくように、著作に「大循環」の行為をいつも刻んだ。

あなた方はガンダラ風ですね。
〔沙車や〕タクラマカン沙漠の中の
古い壁画に私はあなたに
似た人を見ました。

これは「小岩井農場」の下書き稿にある一節である。「大循環」はつねに、賢治にとって西天への心の旅と同一であった。思索の根源にこの求道の心があった。だから、「小岩井農場」にいながら、詠いながら、突然の飛躍がある。詩の場面が跳ぶ。詳しくは後に譲るが、この飛躍は『西遊記』の「西天」ルートに〝乗車〟したことによる。つぎに、〝途中下車〟して「小岩井農場」に現実の場面が戻る。こうして、西への心象の旅は創造を伴いながら、実際の生活といつも交錯したり併行したりしている。この交錯と合流が異彩を放つ。

こうした作品世界が、主題から離れる内容の展開となって、賢治の作品を難解といわしめる要因のひとつでもある。しかし、作品中の一瞬のこのような遊離が作品を深奥にしているのも事実である。賢治の賢治たる所以がこうしたところにあると敢えて言わねばならない。

こうした描写で、主題が隠されがちである。まるで色とりどりのネオンがもともとの単色の光を混沌とさせるように、ひとつのキーワードが印象付けられてくる。それが、ネオンの光の輝きのもとになっている「西天取経」ではないか。

「西」あるいは「西天」といった言葉がその集約である。凝集された象徴的な表現である。賢治の「全生涯」の主題を構築する重要な方向づけでもある。これで岩手を歩くことが西天取経の心象企画を仕上げるプロセスと理解できよう。したがって『西遊記』は賢治にとってかけがえのない想像力の世界だけでなく、法華文学創作を目指す人生設計の企画書をも提供してくれていたのであろう。

『西遊記』と共鳴していた賢治の一面に、郷土の岩手の「イーハトーブ」像は、『西遊記』のトレースを重ねて、「心象スケッチ」に彩りをつけていった。これは賢治の精神活動の所産のひとつであると思われる。『西遊記』との関連はこれまで未探求のテーマであったことを、第一部で示していきたい。

賢治は決して形而上にとどまる求道者ではなかった。農の哲学を実践もした。日々、賢治は反省・告白を怠らず、自らを「修羅」と称した。修羅とは試行錯誤にさいなまれる存在で、苦悩におののき、失敗におびえる醜い人間の映しである。修羅である賢治は、時代閉塞に巻き込まれた自己から逃げず、時代の処方箋を創出しようと、中国文化・文学・儒教・道教の世界を渉猟し、探求を積んだと思われる。読書を通して多くの中国古典にも触れ、刺激を受け続けた。このことを意識しながら述べるのが、第二部「宮沢賢治と『唐詩選』」である。

賢治の作品のほとんどが生前、発表の機会に恵まれなかった。しかし、童話『北守将軍と三人兄弟の医者』は賢治生存中の一九三一年(昭和六年)七月、佐藤一英編『児童文学』第一冊(文教書院)に掲載された。この童話を研究した論文は多いが、中国との関係をベースに追求したものははなはだ少ない。わずかに、『唐詩選』などとの繋がりについて触れた指摘はいくつかあるが、そのいずれも研究テーマへの示唆である。本書はこれら指摘を参考に、賢治文学の刺激源のひとつである『唐詩選』を中心に漢詩との関わりという新しい視点で掘り下げる努力をした。

しかし、賢治が『唐詩選』そのものをストレートに引用をした作品は皆無といっていい。賢治は作家姿勢として原文をそのまま借用することを潔しとしなかった。『唐詩選』の世界に惹かれながら、醸造・蒸留、あるいは咀嚼・昇華の作業を必ず入れたからであろう。そして濾過という想像あるいは創造の作業を経て、作品の構成に投射したと考えられる。その結果、新しい別な世界を創出することができたのである。

要するに、『唐詩選』が、賢治のインスピレーションを刺激し、賢治のミキサーにかけ、違った味わいに仕立てあげている。そこで、作品そのものが「心象の記号」(大塚常樹『宮沢賢治心象の記号論』)と化し、自分と一体に溶け合い、ほとんど無意識に、自然体で「賢治テクスト」(同)に昇華してしまっている。言うなれば、蜜蜂が広い野原を飛び交い、無数の草花から吸った甘い汁が体内の器官を経て口から再び外に排出されるとき貴重な蜜に変質しているごときである。

『唐詩選』からの刺激は、賢治にとってつねに独自の生産・創造に発展していくのである。それこそ、中国風の詩心が日本人によって見事に再生された具体例といえよう。

本書では『北守将軍と三人兄弟の医者』に絞って、賢治の詩的演習の風景を追い、その発想ないしは創作の源流のひとつ、『唐詩選』に肉迫しようとするものである。先賢者の研究検証と追補などをしながら、賢治の刺激源に『唐詩選』が不可欠であった視点を先行研究のない分野で検証しようとするものである。

さて、中国風の詩心とはどういうものか。このことについて、佐藤保氏が次のように述べている。

中国の詩の世界は出世間的なものばかりでなく、極めて多様です。逆にむしろ、多くの詩人たちは世間のことがらにきわめて敏感でした。たとえ人里離れた山林に住もうと、華やかな宴会に酒盃を傾けようと、優れた詩人たちはその時代、その場所の空気を敏感に感じ取り、その思いを自分の言葉で表出しようと懸命の努力を重ねました。

（佐藤保『中国の詩情　漢詩をよむ楽しみ』）

これは、中国古代の詩人たちの生きざまと詩的あり方を本質的に説明している。賢治はこうした詩人の心を深く理解できたひとである。だからこそ、作品に漢詩の心と世界をみごとに投射できたのである。『北守将軍と三人兄弟の医者』はまさしく「入世間」・現実に基づく傑作である。そこに賢治の、厳しい時代への平和主義のメッセージが秘められているからである。

以上二部を通して、中国、中国古典の教養が賢治の多面性を高め、触媒的な働きで「心象スケッチ」の作を多く生み出した重要な要素であったことを明らかにしたい。また、求道、そして法華文学創作に励む賢治の思考を豊かにして、精神構造にまで影響したひとつの幽玄なる泉源であったことを強調して論じたいものである。

第一部　宮沢賢治の『西遊記』

――作品に隠した西遊の手記――

1　賢治版『西遊記』の誕生

『西遊記』との接点

敬虔な仏教徒でもあった宮沢賢治は、一九三三年(昭和八年)の彼岸、九月二一日に他界した。午後一時半に息をひきとったが、その二時間前に遺言した。『国訳妙法蓮華経』一〇〇〇部をつくって友人知人に配ってほしいといい、表紙の色は朱赤を希望、後書きのメッセージを託した。枕元で父の政次郎が聞き書きしたという。

……私の全生涯の仕事は、この経をあなたのお手元に届け、そしてその中にある仏意に触れてあなたが無上の道に入られんことをお願いするのほかありません。

明晰に、生きた意味を、賢治自身が語る言葉である。『法華経』の伝布が短い三七年の一生涯の仕事だったと言うのである。

賢治は一八歳の一九一四年(大正三年)九月、島地大等編『漢和対照妙法蓮華経』(明治書院、一

九一四年八月二六日)に出会い、異常な感動をしている。信仰が深まる中で、一九二一年(大正一〇年)、東京の国柱会の門をたたき、高知尾智燿師のひとことに開眼されて、法華文学への道を歩み出す。信仰がますます強固になるのと併行して、作品に奥深さを増した。賢治の数多の作品は、死後発表の機会を得て光があたったが、その輝きを増しているのは、時間を超越した信仰に裏打ちされたものが嫌味なく表現されて、微妙なバランスが感じとれるようになっているからである。まず、踏まえておきたいのは、求道の心が賢治を創作へ駆りたてた大きな要因であったということである。

求道に邁進する姿勢が父や知人への手紙に残されている。二二歳(大正七年=一九一八年)のとき「……若し財を得て支那印度にもこの経を広め奉るならば……」(書簡44)と書き、二四歳(大正九年=一九二〇年)のとき親しい保阪嘉内へ「田中先生……御命令さへあれば私はシベリアの凍原にも支那の内地にも参ります。乃至東京で国柱会館の下足番をも致します。……」(書簡177)という手紙を書き送った。激しい信仰心が賢治をとりこにしたことは間違いない。

「支那」、また、印度への賢治の関心は限りなく強かった。たとえば、前にもかかげたものもふくめ、以下のように見られる。

地面が踏みに従って
小さい歪みをなすことは

天竺乃至西域の
永い夢想であったのである

ヒンヅーガンダラ乃至西域諸国に於ける
永い間の夢想であって……

（『春と修羅第二集』「亜細亜学者の散策」）

これ上代の天竺と
やがては西域諸国に於ける
永い夢でもあつたのである

（装景手記ノート「装景手記」）

（生前発表詩篇「葱嶺《パミール》先生の散歩」）

その西域も「支那」も、また、印度も、西方にある。西という方向への夢を託して作品に数多く書き残した。その表現のなかに、とくに「西天」という使い方をした作品も目立つ。

正法《しやうぼふ》千は西の天《そら》
余光《よくわう》に風も香はしく

（応請原稿等「法華堂建立勧進文」）

やみとかぜとのなかにして

こなにまぶれし水亘屋は
にはかにせきし歩みさる
西天なほも　水明り

（短唱「冬のスケッチ４」）

水あかりせる西天に　いとつつましく歩み去る　（「冬のスケッチ」第一三葉下書稿［２］）

「西天」とは、『広辞苑』によると、文字通り、西方の天、あるいは、西方の土地のほかに、仏教でインドを指すとある。中国では自分の国を「東土」と言うのに対応して、仏教聖地を「西天」と表している。

「西」「西天」は仏教文学でもある『西遊記』のテーマを象徴する。『西遊記』には仏がときどき現れるが、その情景はよく「西より祥雲一群、地に降り……」などと書かれる。また、『西遊記』には「西天取経」の表現が頻繁にでてくる。仏典を求め、西域を経由してインドへ向かう旅のことである。『日本古典文学大辞典』（岩波書店）と『中国学芸大事典』（大修館書店）ではともに、『西遊記』の項目に「西天取経」が取り上げられている。賢治にとって、「西」「西天」は文学的な表現以上に、仏教の求道に伴う、極めて意味のある言葉であったと思われる。

『西遊記』は明代、呉承恩によって完成した長編小説であることは言うまでもない。一〇〇話からなる。日本に将来された経緯は不明であるが、江戸時代の後期、すでに庶民の読み物になっていたとされる。宝暦八年(一七五八年)の『通俗西遊記』初編がその嚆矢ともされるが、このことは、一九五五年(昭和三〇年)一二月刊『天理大学報』で鳥居久靖氏の論文「わが国における西遊記の流行――書誌的に見たる」にある。

賢治は一八九六年(明治二九年)八月二七日生まれである。同じ年の四月に、年齢を問わない幅広い層の読み物として、活字本『西遊記』が博文館から帝国文庫第三九編中国四大奇書の部として刊行された。この帝国文庫は、賢治の「所蔵図書目録」(境忠一『評伝宮沢賢治』など)に見つけられる。同目録には幸田露伴の『露伴双書』(前篇・後篇)も含まれ、これもまた博文館から一九〇九年(明治四二年)六月に発行されている。露伴はまた一八九三年(明治二六年)、学齢館より『真西遊記』を出した。後に、同書は青木嵩山堂から重刊された。賢治が在校していた当時の盛岡高等農林学校の図書館目録にも以上の諸本があった。といったことから、読書好きの賢治が自分の蔵書を増やしていくなか、図書館に通っていい本を選んで読んだり、蔵書を選択したりしたとも想像できる。

その他、賢治の誕生前後から亡くなるまでの間、主な『西遊記』刊行は以下のようになる。

『絵本西遊記』　吉川弘文館　『葵文庫』所収、一九一〇年(明治四三年)
『新訳絵本西遊記』　小杉未星　東京佐久良書房、一九一〇年(明治四三年)
『絵本西遊記』　国民文庫刊行会『續国民文庫』所収、一九一三年(大正二年)
『西遊記』　華野散人　立川文明堂・立川文庫、第七二編、一九一四年(大正三年)

『西遊記』　　博文館『長篇講談文庫』所収、一九一五、一六年（大正四、五年）ごろ
『絵本西遊記』　『有朋堂文庫』所収、一九一八年（大正七年）
『新訳西遊記』　中島孤島　冨山房『模範家庭文庫』第一輯所収、一九二〇年（大正九年）

賢治は一〇代のときから漢文の読解力を深めた。

賢治は中学校二、三年生（一四、一五歳）頃、漢文を習っていたことや、もともと中国の物語が好きだったこともあって西遊記も当然読んだということです。

これは、一九九八年（平成一一年）一一月、賢治の弟・清六氏に私がいくつかの質問を書き送ったとき、娘婿・雄造氏からいただいた返信である。ご高齢の清六氏は書くことが億劫になっておられて、聞き取った雄造氏にご面倒をお掛けした。次の二点についても賢治の習癖を知る上で貴重な回答であった。

図書館などで読むことが多く購入する本は古本屋からということで手元には殆んどなかったということです。賢治の速読・速記はよくいわれることですが、中学生のころから速読を得意としていたようです。

実は『西遊記』への愛着が『宮沢賢治エピソード313』(宮沢賢治を愛する会編)にも載っている。

子供時代からの愛読書は『西遊記』と『アラビアン・ナイト』。弟の清六氏によると、背表紙が擦り切れるまで読みふけっていたと言う。

清六氏の目には兄・賢治の読書に夢中になるようすが焼きついていたわけである。

『西遊記』は仏教の尊さを説く文学でもある。読みふけった賢治が影響されたことは想像できる。仏教文学を目指す気概を膨らませたことであろう。事実、賢治の作品には『西遊記』を下地にしたとみられる言葉、あるいは、参考にしたとみられる表現が多い。たとえば、玄奘(三蔵法師)にお供した孫悟空らは法師を「師父」と呼び、悟空の別称は「行者」であったが、こういう修行者を思わせる特別な表現も多いのである。

『西遊記』との関わりの深さが見えてくるに従って、賢治は自らの生き方の一部分を重ねていたとする見方が無理ではないことも理解されるであろう。つまり「西天取経」の玄奘と自分をダブらせていたということである。真理を求めて西への苦しい旅を続ける玄奘の不屈の精神を、自分の理想のひとつにしたようでもあった。

生き方というならば、賢治は「全生涯の仕事」(遺言の中の言葉)として、周囲あるいは社会の中の自分の役割をこう書いたのであった。「わたくしはでこぼこ凍ったみちをふみ／……／陰気な郵便脚夫のやうに／……／急がなければならないのか」(『春と修羅』「屈折率」)。

玄奘が印度から中国に経典を伝えようとしたように、賢治もまた仏教の真理を伝えるべく艱難辛苦の修行僧に似た思いをにじませて、「郵便脚夫」という表現を使い、求道者の使命と務めを自らに課したと思われる。長安を発ち、遠く印度を目指した徒歩による求法の旅僧・玄奘の姿と同じである。二人には、真摯な生き方、艱難辛苦をいとわない生きざまが共通している。玄奘の「西天取経」の十数年に及ぶ旅と同じように、また『風野又三郎』にある「大循環」に似せるように、終りのない思索の旅を賢治は生涯続けたように思う。

インドに誕生した仏教が、中国に伝わり、教義の奥行きを深める一方で、異文化との接触・融合によって原義を失ったところもあるとされる。文化に行き詰まりの側面がみられたとき、本来の自然な原形に戻って、行き詰まりの打開を求める大循環の流れがあるように、また玄奘が経典の疑問を仏教の原点の印度に求めたように、賢治も「西天」への回帰を渇望したのであろう。賢治は郷土岩手を大切にしながら、日本を飛び出し、西域、「西天」へ、さらには、宇宙にまで求道したようである。文化の「大循環」という条理を見出したかったからであろう。

『西遊記』を演義する

賢治は、玄奘に思いを重ね、自分の足で「西天」への「大循環」の旅を心象の世界で積みたかったように思える。心の中で一歩ずつ近づくように、著作に「大循環」の行為をいつも刻んだ。

あなた方はガンダラ風ですね。
〔沙車や〕タクラマカン沙漠の中の
古い壁画に私はあなたに
似た人を見ました。

これは「小岩井農場」の下書き稿にある一節である。日常の営みもつねに、賢治にとって西天への心の旅と同一であった。思索の根源にこの求道の心があったからである。それは、「小岩井農場・第五綴」(草稿・先駆形、『春と修羅』補遺に所収)にも窺える。

向ふから農婦たちが一むれやって来る
実にきちんと身づくろってゐる

たしかにヤルカンドやクチャールの
透明な明るい空気の心持ちと
端正なギリシャの精神とをもつてゐる

「小岩井農場」にいて詠いながら、突然の飛躍がある。詩の場面が急展開している。この飛躍は『西遊記』の「西天」ルートに乗り換え〝乗車〟したことによると私は考えたい。つぎに、〝途中下車〟して「小岩井農場」という現実の場面に戻る。このように西への心象の旅は、実際の生活といつも交錯し錯綜しているととらえることができるのではないか。交錯と合流が絡み合うところが賢治らしい異彩を放っている。

心象イメージがとびはねるシーンの続きが、次の詩にある。小岩井牧場で西天に向かう西域の壁画の主人公・天人の子供と遭遇したと思いこむ場面が詠われる。

どこのこどもらですかあの瓔珞をつけた子は
《そんなことでだまされてはいけない
ちがつた空間にはいろいろちがつたものがゐる
それにだいいちさつきからの考へやうが
まるで銅版のやうなのに気がつかないか》
（『春と修羅』「小岩井農場」パート九）

ところが、心象の世界での出会いは消えてしまう。幻想による限界であろう。賢治は現実に引き戻される心の動きに懸命に抵抗する。

……おれはあの壁のあの子供らに天から魂の下ったことを疑はなかった。私の壁の子供らよ。

出て来い。お丶天の子供らよ。……

お丶天の子供らよ。私の壁の子供らよ。出て来い。……

壁はとうにくづれた。砂はちらばった。そしてお前らはどこに行ったのだ。いまどこに居るのだ……

（『〔みあげた〕』）

幻想と現実の二輪の車にまたがり、性質の違う左右の車輪を制御するのが賢治である。たづなとして「心象スケッチ」を使いこなして、想像力をコントロールしつづける。幻想がまさるとき、蜃気楼のように見えながらも、その像は鮮明である。賢治はその中を歩きつづけた。心象イメージを煮詰めた。

くろぐろと光素《エーテル》を吸ひ

その暗い脚並からは
天山の雪の稜さへ〔　〕ひかるのに
（かげらふの波と白い偏光）
まことのことばはうしなはれ
雪はちぎれてそらをとぶ

職員諸兄　学校がもう砂漠のなかに来てますぞ
杉の林がペルシャなつめに変ってしまひ
はたけも藪もなくなって
そこらはいちめん氷凍された砂けむりです
……
こんなときこそ布教使がたを
みんな巨きな駱駝に乗せて
あのほのじろくあえかな霧のイリデㇲセンス
蛋白石のけむりのなかに
もうどこまでもだしてやります
そんな沙漠の漂ふ大きな虚像のなかを

（『春と修羅』「春と修羅」）

あるひはひとり
あるひは兵士や隊商連のなかまに入れて
熱く息づくらくだのせなの革嚢に
世界の辛苦を一杯につめ
極地の海に堅く封じて沈めることを命じます
そしたらたぶん　それは強力な龍にかはって
地球一めんはげしい雹を降らすでせう

（『春と修羅第二集』「氷質の冗談」一九二五・一・一八）

あらためて賢治の独創的な想像力に脱帽するのが右の詩である。西域を飛翔しつづける想像の旅が砂漠にたどり着いたとき、「職員諸兄」といった「学校」が「砂漠」に一変した。この飛躍は賢治にとってはまじめな「冗談」なのである。『注文の多い料理店』新刊案内で書いた真摯な「冗談」と同質である。

じつはこれは著者の心象中に、このような状景をもって実在したドリームランドとしての岩手県である。そこでは、あらゆることが可能である。人は一瞬にして氷雪の上に飛躍した循環の風を従えて北に旅することもあれば、赤い花杯の下を行く蟻とかたることもできる。

岩手という郷土をドリームランドとした想像力によって、「あらゆることが可能」になった。岩手を歩きながら、自然と同一化し、心象レンズに磨きがかかった。その延長線上に西域の世界がある。現実に足を踏み入れなくとも、賢治の心象イメージが西域を造形する。

『春と修羅』「東岩手火山」では岩手の山々が西天に向かう途中の景観として描かれたりしている。「栗鼠と色鉛筆」では、次のように、早池峰山も、古い壁画が見つかった西域の岩山の石窟に変質する。

その早池峰《はやちね》と薬師岳との雲環《うんくわん》は
古い壁画のきらららから
再生してきて浮きだしたのだ

これらの作品だけでなく、主題から急に離れる内容の展開が、賢治の作品を難解といわしめる要因のひとつである。しかし、作品のなかのこのような一瞬の遊離が、作品を深奥にしているのも事実である。賢治の賢治たる所以が、こうしたところに特色があると、あえていわねばならない。一九三一年（昭和六年）八月、草野心平宛に書いた下書きは、

これ位進んだ世界の中で中世的な世界観と社会意識をもって全著を一貫してゐる意味に

於てゞある

この台詞は自分の作品の主題を裸にしている。「中世的な世界観と社会意識」の周りに、美しい言葉の花束、幻のファンタジー、深刻な文明批判、こういった描写で、主題が隠されがちである。まるで色とりどりのネオンがもともとの光を混沌とさせるようにである。

しかし、表現に投影しようとしたキーワードが含まれているはずである。それが「西天取経」であろう。「西」あるいは「西天」といった言葉遣いも直接つながる語とみられる。いずれにも、凝集された賢治の思想が反映され、賢治の「全生涯」の主題を形成する重要な座標軸の言葉と位置付けられると考えている。第一部で取りあげていく心象イメージの世界を見渡しても、賢治は「西天取経」の旅を続けていたことがわかる。『西遊記』によって賢治は「西天取経」の想像力をかきたてられ、法華文学を目指す生涯を通した〝企画書〟をも得たと思われる。

したがって、賢治の西域行は〝人生誌〟という面があった。賢治の「西天取経」行が『西遊記』の世界と表裏一体で展開していくようである。求道者の賢治は岩手を歩き、「大循環」の心象に耽るとき、同時に「西天取経」の心象をも描いていたように思われる。

すべてさびしさと悲傷とを焚いて
ひとは透明な軌道をすすむ
ラリツクス　ラリツクス　いよいよ青く
雲はますます縮れてひかり
わたくしはかつきりみちをまがる

（『春と修羅』「小岩井農場」パート九）

2　「西の方へ歩きはじめた」

西に降りそそぎたる黄なる光よ

賢治の作品に「西」という言葉がよく出てくる。作品の主題に関わる使い方が多い。その主な用例六十数例を抜きだしてみたが、ここではこのうち三つを挙げてみよう(他の例は本章末に資料①として一括して掲げた)。

いきものよいきものよとくりかへし西のうつろのひかる泣顔

(大正五年一〇月　歌稿[A]395)

そのとき西のぎらぎらのちぢれた雲のあひだから、夕陽は赤くなゝめに苔の野原に注ぎ、

……

……そんなときみんなはいつでも、西の山の中の湯の湧くとこへ行つて、小屋をかけて泊つて療《なお》すのでした。

……太陽はもうよほど西に外《そ》れて、……

そこで嘉十はちよつとにが笑ひをしながら、泥のついて穴のあいた手拭をひろつてじぶんもまた西の方へ歩きはじめたのです。……

（『鹿踊りのはじまり』）

……
　精神作用を伴へば
　聖者の像ともなる顔である
飯岡山の肩ひらけ
そこから青じろい西の天うかび立つ
（詩ノート「〔栗の木花さき〕」一九二七・七・七）

引用例から、「西」あるいは「西天」に込めた賢治の思いが伝わってくる。その「西」という方位は、賢治が黄色、黄金色をした「光」あるいは輝く「明り」を伴わせて描くものであった。

中国では古来、黄色・黄金色は尊い色ではあるが、『西遊記』にはこの色が西天と仏を象徴する色としてふんだんに登場する。賢治も、黄色あるいは同系統の黄金色をもって、仏教の教義を象徴させる意図があったように、筆を走らせた。

古金の色の夕陽と云へば
きみのまなこは非難する
どうして卑しい黄金《キン》をばとつて
この尊厳の夕陽に比すると
さあれわたしの名指したものは
同じい純粋の黄金とは云へ
今《こん》日世上交易の
暗い黄いろなものでなく
遠く時軸を溯り
幾多所感の海を経て
龍樹菩薩の大論に
わづかに暗示されたるたぐひ
すなはちその徳はなはだ高く
その相《さう》はるかに旺んであつて
むしろ流　金《クイックゴールド》ともなすべき
わくわくたるそれを曰ふのである

（生前発表詩篇「葱嶺《パミール》先生の散歩」）

また、『春と修羅第二集』「亜細亜学者の散策」(前出)でも、同じ意図が見出される個所がある。

日が青山に落ちやうとして
麦が古金に熟するとする
わたしが名指す古金とは
今日世上一般の
暗い黄いろなものでなく
龍樹菩薩の大論に
わづかに暗示されたるもの、
すなわちその徳はなはだ高く
その相はるかに旺んであって
むしろ quick gold ともなすべき

それゆえに、『二十六夜』で、仏の出現が金色で示される。その教えの場面に輝きが満ち、黄金色に染まる。

疾翔大刀、微笑して、金色の円光を以て頭に被れるに、その光、遍く一座を照らし、諸鳥歓喜充満せり。……

……それから東の山脈の上の空はぼおっと古めかしい黄金いろに明るくなりました。

同じことが『ひかりの素足』にも描かれる。前後を省略しての、一部分ごとの引用になるが、色のイメージの連なりに注目していただきたい。

にはかにまぶしい黄金の日光が一郎の足もとに流れて来ました。

（『ひかりの素足』「一、山小屋。」）

桔梗いろや黄金やたくさんの太陽のかげぼふしがくらくらとゆれてかゝってゐます。

（同前）

そこは黄色にぼやけて

（『ひかりの素足』「三、うすあかりの国」）

一郎はくらい黄色なそらに向って泣きながら叫びました。

（同前）

そらが黄いろでぼんやりくらくていまにもそこから長い手が出て来さうでした。

（同前）

そのうすくらい赤い瑪瑙の野原のはづれがぼうっと黄金いろになって

（同前）

立派な瓔珞をかけ黄金の円光を冠りかすかに笑って

(『ひかりの素足』「四、光のすあし。」)

天人たちが一郎たちの頭の上をすぎ大きな碧や黄金のはなびらを落して行きました。

(同前)

楢夫がやはり黄金いろのきものを着瓔珞も着けてゐたのです。

(同前)

ところで、黄色あるいは同系統の黄金色が聖なる色という観念を賢治が抱いた背景に、『西遊記』の影響があったほかに、仏典との接触による触媒作用があったと思われる。仏教界の通念として、仏や偉大な指導者の身体に「三十二の特徴」があると言う(『新宮澤賢治語彙辞典』「三十二相」)。「身金色」もそのひとつとされ、古代の日本で作られた多くの仏像も金色に塗られた。岩手県平泉町・中尊寺の金色堂は有名である。花巻に近いこの寺を、賢治は盛岡中学修学旅行で一九一二年(明治四五年)五月二七日から二九日にかけて訪れている。「文語詩稿一百篇」の「中尊寺〔一〕」、「文語未定稿」の「中尊寺〔二〕」を残した。この旅行前年の一九一一年(明治四四年)一月、中尊寺を詠んだ短歌がある。

中尊寺青葉に曇る夕暮のそらふるはして青き鐘なる

こうした体験から、賢治が光を「尊い金」（〔松の針はいま白光に熔ける〕）、また雲を「古びた黄金の孤光のように」（〔東の雲ははやくも蜜のいろに燃え〕）と譬えている。いずれも自然観察以上の重みを持たせた「光」、「雲」であることが窺える。黄金色と賢治の関係については、大塚常樹氏が『宮沢賢治　心象の宇宙論』と『宮沢賢治　心象の記号論』で論及されている通りである。即ち、賢治は黄金色に秘められた幽玄なるソフトパワーを認識していたと思われる。

一九一八年（大正七年）六月二六日、親友の保阪嘉内への手紙に黄金色の力について書いて送った。「あなたのお書きになる一一の経の文字……或は金色三十二相を備して説法なさるのです」（書簡75）。こんなわけで、黄金色に魅せられた賢治には説教する「島地大等師のひとみに映る」ものも自然に「黄なる薄明」（歌稿［B］255）に見えていた。

黄色・黄金色を好んだ賢治の眼はさらに「西」の方角をみつめる。

山なみの暮の紫紺のそが西に
ふりそそぎたる黄のアークライト
（明治四四年一月　歌稿［B］46）

こぜわしく鼻をうごかし西ぞらの黄の一つ目をいからして見ん。
（明治四四年一月　歌稿［B］68）

山なみの紫紺のそが西にふりそゝぎたる黄なる光よ　（明治四五年四月　歌稿［A］46）

われ口を曲げ鼻をうごかせば西ぞらの黄金の一つ目はいかり立つなり　（明治四五年四月　歌稿［A］68）

西ぞらのきんの一つ目うらめしくわれをながめてつとしづむなり　（明治四五年四月　歌稿［A］69）

きん色の西のうつろをながむればしばしばかつとあかるむひたひ　（大正五年一〇月　歌稿［A］390）

以上のように、賢治の詩には「西」の方位と黄あるいは黄金色と組み合わせたものが多いが、これらの詩に五行思想の影響をみることは難しい。黄金色の「一つ目」について「いからして見ん」、「いかり立つ」、「うらめしく」なる、「かつとあかるむ」などと擬人描写したのは、賢治自身が『法華経』あるいは仏との対面の中から沸いた内なるイメージの表現のように見るのが素直であろう。同じ雰囲気の場面は、「書簡48」にも見出される。「放縦なる心」を深く自責し、『法華経』に向かって「戦慄するばかりであった」と書いた（大正七年＝一九一八年三月一〇日）。仏の教えに緊張を強いられ、怯える様子のようにみられるのである。

したがって、「西」と黄色・黄金色の組み合わせは、迷える賢治を導く西天の発信であり、仏の教えをイメージするものといえるであろう。賢治にとって自責・自粛・克己・屈強の要素のある求道への指南役であり、仏教の教えまたは仏との対面、あるいは対話を象徴していると考えられる。賢治はまた「松の針はいま白光に溶ける」で求道の苦悩を詠い、修羅の涙を流して拭う。

（あゝ修羅のなかをたゆたひ
また青々とかなしむ）

自己変革、自己浄化の後、やはり「西」に向かって祈る。

オリオンは
西に移りてさかだちし
ほのぼののぼるまだきのいのり。

（歌稿［B］409）

そして、『鹿踊りのはじまり』の主人公・嘉十と同じように「また西の方へ歩きはじめたのです」。

こうして見ていくと、西方も含めて黄色・黄金色との出会いは賢治の作品において、極めて重要な場面である。複雑また難解とされる賢治文学を解くひとつの鍵が、ここにもあるように思われる。

童話『マグノリアの木』に、この貴重な出会いをみることができる。修行僧とおぼしき旅人が山上の「黄金の草の高原」にたどりつき、そこで二人の天の童子と青年の天人が待ち受けていたのだった。

同様の出会いは『西遊記』に多くみられる。玄奘一行が困難に遭遇して困り果てている場面に多い。その場面では、やはり「修羅」の涙が流され、試練克服に必要な素材とされていた。玄奘が、第三八回「嬰児　母御に問いて贗王を知ること　金木　水中に赴いて真物を見ること」のなかで、烏鶏国王のことを悲しみ、涙を雨のごとく流す場面がある。不幸な者への同情、あるいは憐れみであるが、深い同情の行き先はつい白骨精に化けた者にも涙を流す。また、第六四回「荊棘嶺《けいきょくれい》にて悟能　力を努くすこと　木仙庵にて玄奘　詩を談ずること」で、杏仙が老人四人の加勢で玄奘に結婚を迫ると、困った玄奘はやはり涙を流す。こうした例は、すぐに泣いてしまう弱さが玄奘にあることを現している。玄奘すらも悲しみのあまり、悩み、苦しむ……。

玄奘が深い迷いから導かれたどりつくものを、黄色・黄金色が暗示している。たとえば、観音菩薩が救助のため現れるときは、「金色の光を身より放ち」のように枕言葉のような使われ方である。玄奘に般若心教を教えた烏巣禅師が「金光と化し」た（第一九回「雲桟洞にて悟空　八戒を収め　浮屠山にて玄奘　心教を受く」）。

また、『西遊記』第一回「霊根を育孕てて源流出で　心性を修持して大道清生ず」に、悟空が誕生したとき、金色の光がキラキラと天宮まで輝いた。これは、悟空が道を外れながら、ついには神猿となる将来の成仏を暗示する色であろう。第七回「八卦炉中大聖逃れ　五行山下に心猿を定む」に、如来を「丈六に金身」と描き、罰せられた悟空が岩に閉じ込められた。その悟空の頭上の岩には「金字」の札があった。仏の教えに依皈《いはん》させる色であろう。玄奘の西天へ向かって進む旅について、「星と月の光をたよりに……西をめざしてまた進みます」（第四八回「妖魔　寒風をば弄び大雪を飄すこと　聖僧　拝仏のみ念じ層水を覆むこと」）のような表現が多い。こうした「黄金」に関わる個所は随所にある。実に枚挙に暇がないほどである。

賢治はおそらく『法華経』などの仏典のほかに『西遊記』の黄金色にも魅せられていたのである。それで、「金身」の如来にヒントを得て『ひかりの素足』の色を描けたし、悟空を封じ込めた岩に貼り付けた「金字」呪文に倣い、『注文の多い料理店』と『北守将軍と三人兄弟の医者』に出てくる看板の字を「金字」に書かせたのであろう。

それは「世上一般の暗い黄いろなものでなく、遠く時軸を溯り、その徳はなはだ高く」（「葱嶺先生の散歩」）と賢治が言うように、黄色・黄金色は仏教の高い徳を表す色であり、同時に、この色は賢治にとっては、求道の道標の意味を含ませたものである。

西域諸国に於ける永い夢

賢治は「西天」・インドへの到達より、その遥か手前の、途上にある「西域」にこだわり、作品に綴った。賢治と西域の関連について、優れた研究家としてつとに知られる金子民雄氏に尋ねたところ、西域に触れた賢治の作品は、主なものだけで四七点もある。童話など散文が二五点、詩が二二点になると教えられた。金子氏による賢治研究の成果として「西域関連用語ノート」（『宮沢賢治と西域幻想』所収）がある。よく整理されて一七〇項以上あり、その解説内容は先行研究として確かな資料である。金子氏によっても、西域に夢を追いかけた賢治の姿が浮かぶのである。

西域とは狭義には、中国領域内の「玉門関（今の甘粛省敦煌の西北）以西の地の総称」である。広義にはこの中国領域を越えて、「中央アジア・インドなどを含む西方諸国の総称」（『広漢和辞典』）であるが、賢治にとっての西域は、中国のタクラマカン砂漠一帯、中央アジア、さらにはインドにも及ぶ非常に広大なイメージであったろう。これは『西遊記』の西天取経の世界が背景の一つになったようにみられる。

一九世紀末から二〇世紀初頭、閉ざされた状態にあった中国・西域は、地球上の秘境のひとつとして、名だたる世界の探検家の関心を集めて、地理上の発見あるいは歴史上の発見の舞台になった。スウェーデン、ロシア、英国、フランス、ドイツ、それに日本も加わって、その探検記が相次いで報告された。日本の大谷探検隊の成果も、新聞などで当時報道された。第一次世界大戦(一九一四年八月―一八年一一月)が勃発するころまで、このように西域探検が競って続けられた結果、砂漠に古代の栄華を示す遺跡や遺物が次々とみつかった。西域についての印象を変える発見のラッシュであった。賢治の敏感な感性がこれに反応しないわけがない。賢治がこうした状況に刺激され、『西遊記』などから膨らませた想像力を発揮して、岩手の風土に育った眼を、はるかな西域を見やるレンズに替えさせたことでもあろう。

西域への渇望について、賢治が作品で「永い夢(想)」として吐露している。

> 地面が踏みに従って
> 小さい歪みをなすことは
> 天竺乃至西域の
> 永い夢想であったのである
>
> (前出「亜細亜学者の散策」)

> ヒンヅーガンダラ乃至西域諸国に於ける
> 永い間の夢想であって……
>
> (前出「装景手記」)

これ上代の天竺と
やがては西域諸国に於ける
永い夢でもあつたのである

（前出「葱嶺《パミール》先生の散歩」）

こう言うわけで、西域は賢治研究において重視されるテーマである。西域との関わりの先行研究は少なくない。ところが、『西遊記』との関連に及んだものはまったくなかった。

一言付言すれば、西域に執着した賢治の知的体系に、乾燥地帯に花開いたアラビア文化史の遺産『アラビアン・ナイト』（『千夜一夜物語』）の存在が大きいことは今さら語るまでもないようである。『アラビアン・ナイト』との関わりについては、すでに八重樫昊編『宮沢賢治と法華経』（復刻版、図書刊行会、一九八七年）、奥山文幸氏の『宮沢賢治《春と修羅》編―言語と映像』（双文社、一九九七年）、大塚常樹氏の『宮沢賢治　心象の記号論』（前掲）など、多くの研究成果が出ていて、重複を避けたい。

ここでは中国、とくに『西遊記』との絡みをさらに進めて見ていきたい。

3　西への先人、「師父」

報恩寺と尾崎文英

賢治は一九一三年(大正二年)盛岡中学五年生のとき、下宿を何度か転居している。四、五年生全員に学校寮退去の処罰があったためである。寮を出て最初は、盛岡市内の北山地区にある曹洞宗・清養院に下宿、ついで、浄土真宗徳玄寺に転居した。両寺周辺は寺町といっていい地区で、堂々と山門を構えた曹洞宗報恩寺があった。賢治は、この寺へ通い、参禅した。住職の尾崎文英(生年不詳―一九四七)に惹かれるものがあったろうと推察される。

尾崎は鳥取県の出身である。一九一六年(大正五年)には岩手仏教振興会団長を務めた。「豪放な人物で行動が粗雑なため、周囲の評判は必ずしも良くはなかったようである」(原子朗著『新宮澤賢治語彙辞典』)。また、「盛岡では巨大なニセ坊主という評判があった。のち、札幌中央寺に転じた」(前掲『宮澤賢治年譜』)。しかし、賢治は尊敬したようで、なにしろ参禅のため頭の髪を剃ってまでして懸命になった。

出会いは、五年生の夏休みであった。花巻の西、山中にある大沢温泉で開かれた夏期仏教講習会に参加した。賢治の父・政次郎が主宰した集いで、招かれた尾崎が講話した。賢治は共鳴、感動して忘れがたく、盛岡に戻ってからも尾崎が住職をしている報恩寺の門をたたき、参禅したのは一カ月後の九月である。「東京ノート」に「大沢温泉(↓講) 尾崎文英」と記している。

ところで、賢治は尾崎住職を知るよりも前に、報恩寺とは出合っている。寺は弘法大師の作とされる盧遮那仏を本尊とし、その周りに五〇〇体もの羅漢が並ぶので知られていた。中学四年生の手紙に、

……報恩寺の羅漢堂をも回るべし……

(大正元年〔一一月三日〕・宮沢政次郎宛書簡)

とある。尾崎住職を知って以後はその教えにのめりこみ、その後も長く敬愛したようすが窺える。一時は報恩寺への下宿を希望したほどである。

……或は報恩寺に入るべしとも存じ候へども何分寺へ……

(大正七年二月二三日・宮沢政次郎宛書簡)

……報恩寺ならば最願ふ所……

(大正七年〔三月一〇日〕・宮沢政次郎宛書簡)

さて、賢治は盛岡高等農林学校を一九一八年春に卒業したあと、研究生として八月まで在籍(名目上も研究生の肩書きがとれるのは一九二〇年九月)した。その前後の間は、進路をめぐり父・政次郎との確執がつづいていた時期である。五百羅漢のある報恩寺は依然として、賢治にとって拠り所だったようである。珍しい異国情緒の羅漢は「一七三一年から四年の歳月をかけて京都の仏師に彫らせたので、中国の天台山のものを模したといわれ」た(盛岡観光会『賢治と歩く盛岡』)。マルコポーロやフビライとされる風体のものもある。賢治はこれらの変りだねの羅漢によっても、「西」への旅情を誘われたことであろう。

報恩寺の羅漢群での啓示が尾を引いていくかのように、こうした景観がやがて昇華され新たな像を結んでいった。それはまもなく、法華文学にたどり着く予告作品、『くもとなめくじと狸』『双子の星』(大正七年＝一九一八年)などが生みだす誘因になったようである。フビライなどの羅漢がかもし出す異国への関心が、拡大再生産された結果であろうし、文学を手探りする試行錯誤の姿がすでに報恩寺の時期に萌芽していたと考えられる。

また、「法華行者としての生き方を強く述べたものとして注目される書簡」(前掲『宮澤賢治年譜』)もこのころ散見される。

若し財を得て支那印度にもこの経を広め奉るならば……

(大正七年二月二日・宮沢政次郎宛)

万事は十界百界の依て起る根源妙「法華経」に御任せ下され度候

（大正七年二月二三日・宮沢政次郎宛）

私一人は一天四海に帰する所妙蓮「法華経」の御前に御供養下さるべく

（大正七年三月一〇日・宮沢政次郎への返事）

あゝ海とそらとの碧のたゞなかに燃え給ふべし赤き経巻

（大正七年三月一四日・南洋拓殖工業会社へ赴任する級友成瀬金太郎宛）

先づあの赤い経巻は一切の衆生の帰趣である事を幾分なりとも御信じ下され本気に一品でも御読み下さい

（大正七年三月二〇日ごろ・保阪嘉内宛）

何度も手紙をやりとりした保阪嘉内は高等農林学校の同級生で寮では同室、生涯の友であった。同趣旨の手紙を三カ月後の六月二六日付でも送っている。

報恩寺の尾崎住職との出会いから、信仰への導火線に火がつき、西域への道筋が導かれたのであろう。信仰へのきっかけは幾筋も考えられるのは当然であるが、報恩寺の修養が〝方向指示器の役割〟を務めたのではないか。尾崎住職について学んだ教えが、その後に得たことを触媒にして開花した可能性がある。しかし、この面からの研究は少なく、私には課題として残った。

願教寺と島地大等

盛岡中学を卒業した一九一四年(大正三年)四月以後、一時的に進学の希望かなわず賢治は自宅にいたが、やがて父の進学許可が下りて、受験勉強に励み出す。勉強に懸命だった九月、父の法友・高橋勘太郎から島地大等編『漢和対照妙法蓮華経』を贈られた。八月二六日に出版されたばかりの赤い表紙の本で、賢治は受験勉強のかたわら、この一冊に耽溺した。磁石に吸い寄せられる鉄粉のように、賢治は夢中になって読んだという。仏典を読み取る力がすでに備わっていたわけで、『法華経』の真髄に触れる機会になったのである。

進学を許した父は賢治に受験勉強の環境を与えるため、翌一九一五年一月から三カ月間、盛岡市北山の時宗・教浄寺に下宿させた。またもや、寺を選んでの下宿であった。教浄寺は南部藩ゆかりの寺である。受験前の緊張を教浄寺の宗教環境に浸ることで癒し、信仰心が深まる結果にもなったと見てよいであろう。

鐘うち鳴らす朝の祈り、教浄寺の老僧、

光明遍照十方世界、おはりに法師声ひくく、
ついに mammon をこそ祈りけり

（文語詩篇ノート）

文語詩にある教浄寺の思い出である。四月、賢治は首席の成績で盛岡高等農林学校に入学する。

北山周辺は先に触れたが、寺の集中する地区である。報恩寺のほか、浄土真宗系の願教寺もあった。この寺には、賢治が読みふけった『漢和対照妙法蓮華経』編者の島地大等（一八七五―一九二七）がいた。第二六世住職で、東大講師も務める華厳・天台教学の泰斗、しかも『法華経』の実践者でもあった。布教活動に熱心で一九〇八年（明治四一年）から夏季仏教講習会を恒例にしていた。

賢治は高等農林学校入学の前後、期待いっぱいで島地を訪ねて、その感動を詠った。

本堂の
高座に説ける大等が
ひとみに映る
黄なる薄明

（大正四年四月　歌稿［B］）

島地は西域を調査した西本願寺法主・大谷光瑞探検隊に加わり、一九〇二年から一九〇三年にかけ、セイロン(スリランカ)、インド、ネパールの仏蹟調査をした。法話の機会にこうした西方紀行の話が出たとみて不思議はない。賢治が新鮮な西域情報に聞き入り、受けた刺激ははかりしれない。スリランカは仏教の盛んな、宝石の産出で世界屈指の島である。インドは仏教発祥の地である。ネパールは仏教が暮らしに生きる秘境の地であった。こうした異境に興味をそそられ、想像をめぐらしたであろう。

ここで見落とせない要素は、異境への関心が仏教への関心と軌を一にするようにいよいよ固まって行ったことであろう。後の賢治の西域関係作品『雁の童子』『インドラの網』『十力の金剛石』など、いずれも同一軌跡上にあるのではないか。

亀茲国と鳩摩羅什

西域のタクラマカン砂漠北辺、天山南路の中心都市はクチャである。漢字表記では「庫車」と書く。『漢書』「西域伝」(後漢・班固)などでは「亀茲国《きじ》」で表わされている。玄奘の『大唐西域記』では「屈支《くちゃ》国」と表記した。「阿耆尼《あぎに》国」についで二番目に紹介されている。

気候はおだやかで風俗はすなおである……伽藍は百余ヵ所、僧徒は五千余人で、小乗教の説一切有部を学習している。教義の基準は則を印度にとり、その読みならうものは印度文である。いまだに漸教にとどまり、食は三種の浄肉をまじえている。きよらかにたのしみつとめ、人々は功徳を積むことを競っている。

（水谷真成訳『大唐西域記』中国古典文学大系二二）

伽藍の数といい、僧侶の数といい、砂漠のオアシスに出現した仏教の賑わう繁栄都市がこのように玄奘によって記録された。

『大唐西域記』の日本渡来はこの出版からそれほど遅れたとは思われないが、その普及は印刷刊行を待たねばならない。慶長（一五九六―一六一四）・元和（一六一四―一六二三）年間には出ている。「古活字本」といわれる。その後、寛永一二年（一六三五年）刊本、承応二年（一六五三年）刊本のほかに、明治四四年（一九一一年）、賢治一五歳のとき、『京都帝国大学文科大学叢書』の第一冊目として刊行された。奈良・法隆寺には書写されたうちの残闕本が保存されている。また、一九一二年（大正二年）に堀謙徳が『解説西域記』を著した。賢治はこうした一連の出版状況のなかで、『大唐西域記』の刊行本を前述の願教寺や報恩寺などでも実際に手に取ることもできたのであろう。

さて、賢治との関わりを具体的に見ると、その詩に西域に関する地名は多いが、とりわけ夢を駆りたてられたひとつが「亀茲国」だったようである。

さう亀茲国の夕日のなかを
やっぱりたぶんかういふうに
鳥がすうすう流れたことは
そこの出土の壁画から
たゞちに指摘できるけれども
（前出「亜細亜学者の散策」）

さう、亀茲国の夕陽のなかを
やっぱりたぶんかういふ風に
鳥がすうすう流れたことは
出土のそこの壁画に依つて
ただちに指摘できるけれども
沼地の青いけむりのなかを
はぐろとんぼが飛んだかどうか
そは杳として知るを得ぬ
（前出「葱嶺《パミール》先生の散歩」）

「亀茲」は古代音韻では「くちゃ」に近い発音であった。賢治は、「庫車」の表記や、現地の少数民族ウルムチ族による「クチャール」の発音も作品にしている。

もしもこの町が遠野或は〔庫車→削除〕ヤルカンドであらば……

（「ダリヤ品評会に於るスピーチ」）

たしかにヤルカンドやクチャールの……

（「小岩井農場・先駆形A」）

賢治が「庫車」あるいは「亀茲国」に強い関心を持つ契機は何であったのか。複数の要因による相乗作用の結果であるとみるのが至当であろうが、ひとつのきっかけは、先に触れた島地大等編『漢和対照妙法蓮華経』が考えられる。この『法華経』の原訳者、クチャ出自の鳩摩羅什（三四四―四一三ごろ）は亀茲国王の血筋の名家に生まれ、学才優れた名僧であった。五胡十六国の興亡が続くなか、「後秦」の招きで都・長安に迎えられて、経典の翻訳に励む。『法華経』を信仰した賢治が、その漢訳者を育てた「亀茲」に興味を持たなかったはずがないのである。このことについては、八重樫昊編『宮沢賢治と法華経』と紀男一美『宮沢賢治の詩と法華経』などの先行研究がある。

「亀茲」への興味がその周辺に拡大、西域全体への関心に収斂して、天山そして中国内の西域の西の果て、ヤルカンド（賢治の漢字表現では「沙車」）などの地名も、賢治がよく使った。島地という仏教学者を通じてクチャを身近に感じたならば、その風土が生んだ鳩摩羅什への親しみをもったとしても、不思議はないであろう。西域への夢が中身を濃くしながら膨らんでいったと想像させる。

中国における経訳史のうえで、鳩摩羅什と玄奘(六〇〇または六〇二―六六四)は燦然と輝く二大巨人とされる。旧訳時代の代表が鳩摩羅什であり、玄奘から新訳時代と呼ばれる。鳩摩羅什も仏教の奥義を探るため、カシミール、さらにはカシュガルに旅をしている。玄奘と同じように求法の困難な旅であった。その後、鳩摩羅什はクチャから長安へ移り、経訳を通じて偉大な足跡を残したことはよく知られるところである。

一方、クチャの仏教の繁栄を見聞した玄奘は印度での西天取経を終え、往路でクチャに立ち寄ったときからは十数年後に長安に戻った。玄奘はクチャでは先人の鳩摩羅什の生地であったことを意識したことであろう。二人の傑出した大法師がクチャを接点に精神的な出会いをしたわけである。この史実に、賢治ならば敏感に気付いたと思われる。クチャへの愛着が一層増したことであろう。

4　玄奘への共鳴

玄奘との旅

玄奘は漢訳の大作『大般若経』を生涯かけて完成させた。五〇〇万字にのぼり、読経するだけで一カ月はかかると言う。これを意訳・凝集したのがわずか二六七字の『般若心経』である。『西遊記』では、烏巣禅師が玄奘に般若心教を伝授したことになっている。才知煥発な玄奘が一度の教えで信義を咀嚼し覚えてしまう。それで『般若心経』が世に広く伝来することになる（第一九回「雲桟洞《うんさんどう》にて悟空　八戒を収め　浮屠山《ふとさん》にて玄奘　心教を受く」）。このことは、盛岡の学生時代の賢治の逸話を連想させる。「般若心経を暗記していて、その場で紙に書い」たと言う（前掲『宮澤賢治年譜』）。学友を感心させた。賢治は少年時代から『般若心経』に身近に接していたからであろう。『般若心経』はふつうには玄奘訳が唱される。賢治にとって、玄奘に親しみを感じるひとつの機会として『般若心経』を加えても不自然ではなかろう。

『春と修羅第二集』に収録されている「春」（一九二五・四・一二）は玄奘を彷彿とさせるような詩である。全体を引用しておきたい。

烈しいかげらふの波のなかを、
紺の麻着た肩はゞひろいわかものが
何かゆっくりはぎしりして行きすぎる、
どこかの愉快な通商国へ
挨拶をしに出掛けるとでもいふ風だ
……あをあを燃える山の雪……
かれくさもゆれ笹もゆれ
こんがらかった遠くの桑のはたけでは
煙の青い lento もながれ
崖の上ではこどもの凧の尾もひかる
……ひばりの声の遠いのは
そいつがみんな
かげらふの行く高いところで啼くためだ……
ぎゅっぎゅっぎゅっぎゅっはぎしりをして
ひとは林にはいって行く

玄奘は唐の太宗治世の初期六二九年（あるいは六二七年）八月、出国禁令を犯して長安を発った。通商の一行に入れてもらって「西」へ向かう。「烈しいかげらふ」の旅程が待ちうけた。出立のとき二八歳であった。「紺の麻着た肩はゞひろいわかもの」とは玄奘の譬えであろう。『西遊記』によると、玄奘は「凛凛たる威顔は多に雅秀……西方の真の覚秀に賽過る……」（第一二回「玄奘　誠を秉《まも》って大会を建き　観音　象を顕して金蟬を化す」）、美男子である。実際の玄奘の風貌について、『大唐大慈恩寺三蔵法師伝』によれば、「形長七尺余、身は赤白色にして眉目疎朗、端厳なること塑の如く、美麗なること画の如し。音詞清遠にして、言談雅亮、聴く者厭うものある無し」とある。同書の完成は六八八年である。日本では高麗版をもとに諸版と対校したものが一九三二年（昭和七年）、東方文化学院京都研究所から『大唐大慈恩寺三蔵法師伝』の題で刊行されている。出版は賢治の「春」が書かれた後である。おそらく、賢治は主に『西遊記』から玄奘のイメージを組みたてたようである。

詩の最後の行の「林」には、歴史の明と暗の諸相を覆い隠す意味がこめられている。密出国と、求法の旅に付随した神聖な目的と幽玄な仏道の道のりの隠喩であろう。賢治にはこうした隠喩、あるいは暗喩のスタイルが多い。

『西遊記』によれば、玄奘が如来に見《まみ》えた時、つぎのような御言葉を頂戴している。

> なんじの国なる東土……かの地には、孔子が生まれ仁義礼智の教えを立てた。とはいえ、

歴代の帝王は……その愚昧不明にして放縦無忌のやからの多いこと……わが三蔵に収むる経典……すべて三十五部、一万五千百四十四巻から成る。……すべてを取らせたいとはおもうが……

（第九八回「猿馬が馴れてこそ殻を脱すること　功行が満ちたれば真《まこと》に見《まみ》ゆること」）

こうして玄奘は、『西遊記』によれば、天竺から五〇四八巻を持ち帰って、その中に『法華経』一〇巻も入っていたと言う。実記録によると、サンスクリット原典で六五七部を持ち帰った（袴谷憲昭・桑山正進著『玄奘』）。現在は将来原典の目録が残るだけで、歴史の無慈悲によってすべて散逸したり、戦乱で焼失している。

賢治は、玄奘の取経の旅にひかれたように思われる。『法華経』伝播のため「支那印度にも」（大正七年二月二日父・政次郎宛）行く覚悟があると告白した。賢治のこの思いは、詩「春」に窺われよう。また、他の詩にも託したように見えるし、様々な童話でも見え隠れしているように思われる。例えば、山猫は「黄金の草原」へ（『どんぐりと山猫』）、ジョバンニは「銀河」へ（『銀河鉄道の夜』）、又三郎は「気圏」へ（『風野又三郎』）、「よだか」は大空へ（『よだかの星』）向かう。いずれも宗教的な異空間にたどり着こうとした模擬旅行のような筋書きである。

賢治が自分自身を旅人に譬えた詩や童話がいくつかある。

たびはてん　遠くも来つる　旅ははてなむ　旅立たむ
なべてのひとの　旅はつるまで

（『校友会会報』第三四号）

わたくしはでこぼこ凍つたみちをふみ
このでこぼこの雪をふみ
向ふの縮れた亜鉛の雲へ
陰気な郵便脚夫のやうに
（またアラツディン、洋燈《ラムプ》とり）
急がなければならないのか

（『春と修羅』「屈折率」）

諒安は、その霧の底をひとり、険しい山谷の、刻みを渉って行きました。
沓の底を半分踏み抜いてしまひながらそのいちばん高い処からいちばん暗い深いところへまたその谷の底から霧に吸ひこまれた次の峯へと一生けんめい伝っていきました。

（『マグノリアの木』）

そのとき私は大へんひどく疲れてゐてたしか風と草穂とのそこに倒れてゐたのだとおもひます。

……

希薄な空気がみんみん鳴ってゐましたが……

（『インドラの網』）

……私も又、丁度その反対の方の、さびしい石原を合掌したま丶進みました。

（『雁の童子』）

……両側はずいぶん険しい山だ。

大学士はどこまでも溯って行く。

（『楢の木大学士の野宿』「一、野宿第一夜」）

「風とゆききし　雲からエネルギーをとれ」（『農民芸術概論綱要』「農民芸術の製作」）。賢治は詠いながらひたすらひとりで歩く。自然の息吹に包まれて、賢治の「西天取経」という心象の種子は芽を吹き育み開花する。この精神的な行為はまさしく玄奘の西域行きに似ている。確固たる精神力と持続力そのものが、玄奘と共通している。

野の師父への思慕

賢治は『西遊記』のキーワード「西天」と並んで、独特な用語「師父」もよく作品に引用した。言うまでもなく、「師父」とは、悟空や猪八戒、沙悟浄たちが玄奘を呼ぶときの尊称である。日本の伝統芸の世界でいまも使われる「お師匠さま」の語感である。本書が引用テキストとしている中野美代子・小野忍両氏の現代語訳『西遊記』(岩波文庫)でも「お師匠さま」と対訳している。今の読者を意識した用語であろう。しかし中国語の『西遊記』と同様、賢治蔵書にある『西遊記』(明治三八年=一九〇五年五月刊・『四大奇書』の一冊)に、玄奘の代名詞として「師父」が全書にわたって使われている。一例として挙げれば、「我師父来り給へ我師父来り給へ」(「巻之五　心猿帰正、六賦無踪」)があり、また玄奘と弟子三人の総称も「三蔵師弟」と言うように書かれている。

賢治による「師父」の使用例を見よう。

この雷と雲とのなかに
師父よあなたを訪ねて来れば
あなたは椽に正しく座して

地殻の剛さこれを決定するものは
大きく二つになってゐる
一つは如来の神力により
一つは衆生の業による

(『春と修羅第三集』「野の師父」)

さうわれわれの師父が考へ
またわれわれもさう想ふ

（装景手記ノート）

……敬虔に年を累ねた師父《しふ》たちよ……

（『春と修羅』原体剣舞連）

……われらの古い師父たちの中にさういふ人も応々あつた……
……曾つてわれらの師父たちは乏しいながら可成楽しく生きてゐた……

（『農民芸術概論綱要』「序論」「農民芸術の興隆」）

師父先蹤を敬する……

（応請原稿等「〔石川善助追悼文〕」）

これら引用例から、「師父」の使い方を通して賢治の思考が窺える。「師父」とは即ち、「野の師父」と「野原の師父」でもある。「野」また「野原」という言葉に実践の場を込めていたとみてよいであろう。人間臭い、地味で日常的な活動の場である。足元の現実世界を指すことが十分に納得させられる。「師父」はそのなかにいる存在とされている。おそらく求道者の賢治にとって、「師父」は求道の先駆であり、実践者でなければならないであろう。その中に西への求道者が多く含まれていると見なしてよい。玄奘を、当然ながら「野の師父」群像に含めたのではなかろうか。

5　悟空の像と重ねて

「行者火渡る」

賢治は玄奘のほかにその弟子三人を題材にすると思われる作品も書いている。そのうち、敏捷で賢明な兄貴分・孫悟空にはとくに親しみを抱いていたようである。

『西遊記』第一四回「心猿　正に帰し　六賊　踪《あと》無し」で、悟空は玄奘について五〇〇年ぶりに五行山を出たばかりのとき、玄奘に伴う地元の翁・伯欽に礼を言う、「わたくしの顔の草を抜いてくださったりして」と、殊勝である。顔に生えた草とは異常な景色である。すかさず、賢治は作品に生かしたと考えられるものが『北守将軍と三人兄弟の医者』に見つけられる。

……灰いろをしたふしぎなものがもう将軍の顔や手や、まるでいちめん生えてゐた。兵隊たちにも生えてゐた。……

（「二、北守将軍ソンバーユー」）

……将軍の顔や手からは、一種灰いろの猿をがせのやうなものがいつぱいに生えてしまったのだ。……

（二一、「プ〔ジ〕ランポ〔ー〕将軍」」初期形）

苔類の「猿をがせ」（「猿おがせ」）は、さがり苔ともいい、山地で針葉樹などに付着して垂れ下がる。成長して数十センチになる。将軍の顔などにこのような猿の顔を連想させる苔が生えたという発想は、前述の孫悟空の顔にヒントを得たのであろう。

『春と修羅第二集』「〔Largo や青い雲滃やながれ〕」（一九二五・五・三二）で、「……こどもはこんどは悟空を気取り……」と、悟空の名を示した。一方で、悟空の別称として「行者」が使われる。悟空が行者に命名されたいきさつは『西遊記』第一四回「心猿　正に帰し　六賊　踪無し」にある。玄奘が悟空を弟子としてお供にする許しを与えるとき、「そなたのその姿は、托鉢の小坊主そっくりだから、もう一つ行者というあだ名をつけてとらせよう。」と言った。この一言以来、『西遊記』のなかでは、悟空は「行者」という代名詞を持つことになる。全部で一〇〇回の物語の各タイトルにも「悟空」と「行者」が交錯して使われる。賢治の作品にもこの事を意識したような表現がある。

此女人は孫を『法華経』の行者となしてみちびかれさせ給フべし……

（抜粋筆写「摂折御文　僧俗御判」得受職人功徳法門抄）

この文には「孫」「行者」が並んでいる。この二語を合わせれば「孫行者」となって、悟空を連想させる。「此女人」は悟空を玄奘の弟子に仕向け、西天取経への旅につかせた観音菩薩を指しているのであろう。『西遊記』の第八回「我が仏　経を造って極楽を伝え　観音　旨を奉じて長安に上る」は観音が悟空を取経へ導かせた一節である。付言すれば、『西遊記』では観音のことを「女真人」と書き、女性として扱っている。

さて、この「行者」に絡むとみられる賢治の詩歌がある。

龍王をまつる黄の旗紺の旗
行者火渡る日のはれぞらに。

（明治四四年一月　歌稿〔B〕13）

布をもてひげをしばりし
行者なほ呪をなしやめず

（文語詩未定稿「火渡り」）

「火渡り」また「火渡る」はあの「火焰山」を連想させずにはおかない。『西遊記』の第五九回「唐三蔵　火焰山に阻まれること　孫行者　芭蕉扇を奪いとること」から三回続けて、火焰山が舞台になる。悟空は最初、にせの芭蕉扇を摑ませられて危ういめにあい、「股のにこ毛を焼いちまった」と失敗を語る。次は牛魔王に化けてその妻羅刹女をだまして、ほんものの芭蕉扇を手に入れる。その扇を大きくさせるのに、扇の柄についている赤い糸をひねりながら呪文を唱えるのであるが、糸は縦、横、前、後と編みこまれて、どれが大事なものかわからないで困る場面が続く。最後には諸神の応援で解決して、牛魔王を降参させることができる。神の哪《な》吒《た》は「縛妖索」でもって牛魔王の鼻面に掛け引っ張ってきた。

牛魔王との闘いのくだりを整理して、賢治の「火渡り」と対照させれば、次のようになる。

「文語詩」		『西遊記』
火渡り	⇓	火焰山
行者	⇓	行者
布をもてひげをしばりし	⇓	縛妖索で牛魔王の鼻の孔を通す
呪	⇓	扇の赤い糸をひねりながら呪文を

モチーフの共通が窺われると思われる。文語詩「火渡り」が火焰山物語を置き換えた縮小版のように映る。おそらく、このくだりがかなり賢治の想像力を刺激したであろう。

火焰山はトルファン盆地の中部にある東西の長さ五〇〇キロ、幅一〇キロの山脈である。平均高度は五〇〇メートルほどある。赤茶色の焼結層の土で成り立ち、樹木は生えず、強烈な乾燥地帯の日差しで山肌から燃え上がる炎のように暑気が沸き立つ。唐の時代、「火山」と称せられることが多かった。日本のような実際の火山がない風土では、燃え上がる炎のように暑気が沸き立つ赤肌の山を「火山」と呼びならわしたのは当然であろう。

賢治が「火山」についても詠っている。

向ふ紫紺の古い火山のこつち側
何か播かれた四角な畑に
鉋屑《カナガラ》製の幢幡とでもいふべきものが
十二正しく立てられてゐて
古金の色の夕陽《ひ》に映え

（前出「葱嶺《パミール》先生の散歩」）

西域の情景を織りまぜながら詠ったのが詩編「葱嶺《パミール》先生の散歩」である。「古い火山」の風景は火焔山そのもののようである。それに岩手山のイメージも重層させたように見える。賢治は岩手山が好きで、この火山を題材にした、あるいはヒントにした作品が多い。たとえば、童話『グスコーブドリの伝記』、詩「東岩手火山」「岩手山麓」などである。

さて、火焔山の闘いの相手は牛魔王である。

紅き陽の　高洞山の　焼痕を　あたまの奥にて　嗤ふものあり

（『校友会会報』第三四号）

夕ひ降る
高洞山のやけ痕を
誰かひそかに
晒ふものあり。

（大正六年五月　歌稿［B］496）

この「嗤ふもの」「晒ふもの」は、牛魔王を負かして芭蕉扇を獲得した悟空を描写したと理解すれば、分かりやすいのではないか。高笑いを想像させる「嗤ふ」という漢字を使ったことで、悟空の満足した得意顔が浮かぶようである。

牛魔王のイメージを思わせる賢治の作品が見つけられるだろうか。可能性を思わせるものをあげてみよう。

褐色のひとみの奥に何やらん悪しきをひそめわれを見る牛

（明治四五年四月　歌稿［A］35）

鳶いろのひとみのおくになにごとか悪しきをひそめわれを見る牛

（明治四四年一月　歌稿［B］35）

「牛」と対面した二つの詩のいずれにも「われ」が登場する。この「われ」に賢治自身、悟空とダブらせているようにも読み取ることができるように思う。また、牛魔王の妻をだました悟空の術は妻のお腹に入りこみ、お腹の中から攻撃するのであるが、賢治がこの腹中作戦にヒントを得たのではないかと思わせる描写として次のような例をあげることができる。

「すっかりだまされた。お前の腹の中はまっくろだ。あゝくやしい。」……

狼は狸のはらの中で云ひました。

（『蜘蛛となめくぢと狸』「三、顔を洗はない」）

「……僕はその時ばけ物の胃袋の中でこの網を出してね、すっかり被っちまふんだ。それからおなか中をめっちゃめちゃにこわしちまふんだよ。……」

（『いてふの木』）

賢治の自在な想像力の一端を示す描写である。縦横に活躍する悟空の世界に自ら入りこんでいる思いが伝わってくるようである。賢治による奔放な空想世界の展開であるが、想像自在なこの才能は「西天取経」の目標が明確であるときこそ、一段と求法へと向かう世界を次々と創造していけるのである。このような賢治作品の特徴をなぞっていくと、それを生み出した背景のひとつとして、『西遊記』による刺激を見落とせなくなるのである。

「光の棒」と「如意棒」

悟空の活躍が魅力の『西遊記』であるが、その魅力を強化しているひとつに〝持ち物〟がある。地の果てまでひとっ飛びの「觔斗雲《きんとうん》」と伸縮自在の「如意棒」である。さきに、「如意棒」について取り上げたい。

一方の先端は「江海の府を突きかため」、もう一方の先端は「天の川の川底を突きかため」る(第三回「四海の千山　皆拱いて伏し　九幽の十類　尽く名を除く」)。このような威力ある「如意棒」は異空間を結ぶ梯子のようである。彼岸と此岸を繋ぐ力を、賢治は読み取ったと思われる。

かがやいてほのかにわらひながら
はなやかな雲やつめたいにほひのあひだを
交錯するひかりの棒を過ぎり
われらが上方とよぶその不可思議な方角へ
それがそのやうであることにおどろきながら
大循環の風よりもさはやかにのぼつて行つた

(「青森挽歌」)

「青森挽歌」はよく知られるように、妹としを追悼した、賢治が二七歳の時の、二五〇行余の詩である。花巻農学校教師として生徒の就職先を探しに一九二三年(大正一二年)夏、青森、北海道を経て樺太(現サハリン)まで行く。実際、それは妹との交信を求める賢治の心の旅であった。それを考えると、詩にある「ひかりの棒」は単なる棒ではないはずである。広大無窮の天穹への道標に譬えているのではないか。だから、そこを経過すると「不可思議な方角」へと向かうことができるのである。この「ひかりの棒」は異空間を繫ぐ力を宿している。まさに「如意棒」を連想させる。

また、『風野又三郎』には「大循環の風」が吹き抜けている。その風に乗れば天空を自在に駈けることができる。それに「如意棒」と同じく、賢治は此岸から彼岸への通路を提供するような思いを託したと想像させるのである。さらに、「天気輪」にも「ひかりの棒」と同様の思いを秘めさせたと思わせる。

……ジョバンニは、頂の天気輪の柱の下に来て、……からだを、つめたい草に投げました。

町の灯は、暗の中をまるで海の底のお宮のけしきのやうにともり、……

(『銀河鉄道の夜』「天気輪の柱」)

「海の底のお宮のけしき」に「天気輪」が案内した。異空間の通路の道標として登場している。このとき、賢治は「如意棒」の分身が「天気輪」であると思ったのではないかと思わせる。釈迦の遺骨の分骨が尊ばれるように、「如意棒」の分身も同様の役割が果たされているとみることができる。「如意棒」の特性を流用して、賢治はこのように作品化したのかとみられる。「如意棒」の特徴は「金色の光が四方八方に輝きわたる」と『西遊記』にある。賢治は「ひかりの棒」「天気輪」という表現に言い換えて、いろいろな詩にやはりその光を照らした。

かれ草や雪の反照
つめたい春のうまやでは
そのなまめいた光象の底
一本の光の棒が射してゐる
大迦藍《カセードラル》の穹窿《ドーム》のやうに

(『春と修羅第二集』「北山山地の春」一九二四・四・二〇)

突然光の束が黄金《きん》の矢のやうに一度に飛んで来ました。子供らはまるで飛びあがる位輝やきました。

(『いてふの実』)

……林の中には月の光が青い棒を何本も斜めに投げ込んだやうに射して居りました〔。〕

（『雪渡り』［雑誌発表型］「雪渡りその二狐小学校の幻燈会」）

「如意棒」の秘力のひとつが自在な縮小・伸縮である。悟空はそれを刺繍針ぐらいに縮ませて、耳の中に収納した。この伸縮の秘力にも、賢治は興味をもったことを連想させるような作品として、『月夜のけだもの』（初期形）を挙げられる。

……教育料はわしから出さう。一ヶ月八百円に負けて呉れ……」
獅子はチョッキのかくしから大きながま口を出してせんべい位ある金貨を八つ取り出して象にわたしました。象は鼻で受けとって耳の中にしまひました。

賢治は「如意棒」の秘力を借用して、作品に移入したと考えられるが、縦横無尽の秘力の持ち主である悟空に親しみを感じていたのではないか、と推察させる。この点については後述する。

「大循環」と「觔斗雲《きんとうん》」

『西遊記』の第二回「菩提の真の妙理を悟徹《さと》り　魔を断《ほろぼ》し本に帰して元神に合す」で、修行中の悟空が祖師に「雲に乗る」術の会得を自慢して演じてみせた。「からだをそらせて、とんぼ返りをして、地上五、六丈のところまで飛びあがり、雲を踏んで、飯を一度食べ終わるぐらいのあいだに、三里たらずの距離を往復して」きた。すると、祖師が「せいぜい雲を這う程度」と率直な批評をする。悟空はひれ伏してお願いし、とんぼ返りを応用した「觔斗雲」を伝授してもらう。「十万八千里さきまで飛べる」術であった。このくだりが、賢治によって詩に伝授されているようである。

しかもあれ師はいましめて、点竄の術得よといふ。
（文語詩稿一百篇「公子」）

「觔斗雲」にあやかろうと、賢治は父へ書いた。

……一躍十万八千里とか梵天の位とか様々の不思議にも幻気ながら近づき申し候……
（大正七年二月二三日　宮沢政次郎宛書簡）

さらに、「觔斗雲」の力に酔うように、雲の神秘を比喩の材料に使っている。

意識のやうに移って行くちぎれた蛋白彩の雲
月の尖端をかすめて過ぎれば

そのまん中の厚いところは黒いのです
(風と嘆息との中にあらゆる世界の因子がある)

(『春と修羅』「風景とオルゴール」中の「風の偏倚」)

「黒い」という表現に「觔斗雲」の面影をみつけたような賢治の印象が窺われる。あるいはそこから得られた比喩であろう。「觔斗雲」と思わせる描写は『風野又三郎』にもみられる。又三郎一族が雲に乗り「大循環」式宇宙の旅を繰り返す。見方を変えれば、これは、「觔斗雲」の到来と理解してもよい。賢治が「觔斗雲」の世界を移入した「心象の記号」といえよう。

空を飛びたいという願望を実現させたのが悟空の「觔斗雲」で、空を飛ぶ代名詞として悟空が今に至るも変わりない存在である。日中いずれにも同じように浸透した知識であることは一九九九年、それぞれニュースになったほどである。「中国は二〇〇〇年から台風に民間で語り継がれてきた昔話の主人公などの名前をつけて呼ぶことになった。予定される名前には西遊記でおなじみの「悟空」や、いかにも中国らしい「竜王」「玉兎」などが決まっている。……」(『朝日新聞』一九九九年一二月二九日付)。

中国を襲う台風にはそれまで号数がつけられるだけであった。それに「愛称」をつけることにした。その例として「悟空」が真っ先にあげられたのは、それだけ中国人に馴染まれる悟空を証明している。一方、日本でも一九九九年末、日航(JAL)が便名のひとつに「悟空」と命名した。それだけ、空を飛ぶことが当たり前になっても、飛行の代名詞がたくさんある中から選ばれた「悟空」はアイドル的な存在であることを教えられる。ましてや、賢治の時代、飛行機が人類史に現われたばかりで、まだまだ不思議な乗り物に過ぎなかった。「觔斗雲」への憧憬の方がはるかに分かりやすく、夢をかなえるものであったことはまぎれもない。

たぶん「觔斗雲」は賢治の「西天取経」の夢をひとっ飛びで一瞬にかなえてくれる交通機関に映ったことであろう。一気に一〇万八〇〇〇里を飛んで往復するのであるから。また、『西遊記』では、唐土から西天までの距離を一〇万八〇〇〇里としていた。西天取経の信念が固まるほど、賢治は「觔斗雲」に文学の産物以上の思いをもったように思われる。

賢治にとって、西天取経が太陽の存在ならば、地球からの乗り物が人工の衛星「觔斗雲」であろう。「一躍十万八千里とか梵天の位とか様々の不思議にも幻気ながら近づき申し候」という父への手紙から、「觔斗雲」を操縦する賢治の夢が想像されてくる。

「黄金色の目をした、顔のまっかな山男」のモデル

賢治の「山男」は主に三つの作品に登場している。いずれも、目は黄金いろ、顔が赤いろで、共通している。登場した作品から抜き出してみる。

……その眼はまん円で煤けたやうな黄金いろでした……

（『祭の晩』）

……黄金色の目をした、顔のまつかな山男が……

（『狼森と笊森、盗森』）

山男は、金いろの眼を皿のやうにし、……

（『山男の四月』）

金色めだま、あかつらの山男は、森の中を半日かけまはって、山鳥を二羽と兎を一羽とりました。……

（『山男の四月』初期形）

赤い顔は多くの猿に通じる特徴である。とくに日本猿はそれがはっきりしている。目の色は人間のように黒いのが一般的である。しかし、美猴王・孫悟空の「目玉」は黄金色である。そうなった機縁が第一九回「雲桟洞にて悟空　八戒を収め　浮屠山にて玄奘　心経を受く」に書かれているのだが、「みどもは天宮を荒らし、……天神たちに斧でうたれ、錘《つち》でたたかれ、刀で斬られ、剣で刺され、火で焼かれ、雷を打ち込まれたが、かすり傷ひとつ負わなかった。そのあと、……神火でもって鍛えられ、おかげで火眼金睛《あかめ》になり、銅の頭、鉄の腕になったのだ」と、悟空自ら、このように体験を語っている。

中国で「火眼金睛」といえば異常な容貌を指すが、目立つことは悪いこととされていない。英傑、俊英の証また偉人あるいは聖人の特徴でもあるとみられる。悟空のこの語りには伏線がある。神火で「悟空は二つの目が煙にいぶされて赤くなり、慢性の眼病になってしま」ったのが、最初の出来事である（第七回「八卦炉中より大聖逃れ　五行山下に心猿を定む」）。煙が主な原因である。

実は、賢治が描く山男にも「煤けたやうな黄金いろ」の目と言う表現が『祭の晩』にある。さらに、山男がそそっかしい言行や、教養がないことから疎外される状況が、たとえば、『山男の四月』にみられる。それは、町に出た折り、馬鹿にされて、懸命に「一人まへの木樵」に化ける。これは、悟空の山男版のようである。悟空は、花果山から人間世界に出たときも、西天取経の旅のお供しているときも先々の地で「化け物」視される役柄である。『西遊記』のこうした場面は読者の同情を買うのであるが、賢治もまた、山男に同情を示して、その偏見には警告ともとれる表現をしている。

この悟空を下敷きにしたとみられる山男の描写に、夢の中で薬の六神丸にされてしまうところがある。その後、元に戻る薬を仲間に教わり飲むことができ、元の姿に返った（『山男の四月』）。このくだりは輪廻転生のプロセスを物語っているように考えられる。

一方、悟空は異なる形での臨死体験をして、甦っては魂が「幽冥界」にひったてられるが、死生帳簿にマークをつけられた自分の名前などを見つけては消し去って、やっと元の世界に魂を取り戻すことができたと言うくだりがある。これは第三回「四海の千山　皆拱いて伏し　九幽の十類　尽く名を除く」の情景であるが、山男の六神丸への化身と人間への復活は、この場面の悟空の体験と似ている。いうならば、山男も悟空も、転生の体験が夢の次元で完成している。どちらもファンタジーで包んでいるが、実際、輪廻のプロセスを演出したのである。

そもそも『西遊記』には仏教とともに不老不死を理想とした道教の考え方も入りこんでいる。この例として、悟空が不老不死を会得しようと天界の桃を盗み食べる場面などがある。しかし、悟空が玄奘の弟子になってからは、仏門へ帰依の道を歩き出す。第三回以降は、仏教色が濃厚な場面が多くなって、仏教的な考え方や死生観が優先になる展開をみせる。悟空の転生体験についても、『西遊記』は仏教的死生観に沿っているとみられる。これこそ仏教徒・賢治が『西遊記』に引かれていたと考えられる理由のひとつでもある。

賢治の『山男の四月』には悟空が下敷きになったとみられる描写がとくに多いようである。整理して列挙しよう。

①山男が觔斗雲に乗ったような描写がある。

「雲助のやうに、風にながされるのか、ひとりでにとぶのか、どこといふあてもなく、ふらふらあるいてゐた」

②山男は悟空ほどの七十二変化はできないが、少なくともひとつ「木樵りに化け」ることができた。

③『西遊記』には人間を小さくしてしまう「紫金葫蘆」や「羊脂玉浄瓶」など奇妙な道具が次々出てくる。悟空も妖怪のために被害にあい、たとえば「陰陽二気瓶」という容器に小さくされて吸い込まれてしまう体験をした（第七五回「心猿　陰陽の竅《あな》を鑽《うが》ち透すこと　魔王大道の真に還り帰すこと」）。一方、山男が小粒の薬の六神丸にされ、「紙箱」という容器に入れられて、瓶の中に六神丸にされ詰め込まれた人間たちと出会った。

④第三七回「幽鬼王　夜半に三蔵に謁すること　孫悟空　変化し嬰児を引《かどわ》かすこと」に、悟空が朱塗りの盒から出て一寸法師ぐらいの体を「たちまち三尺、五寸の丈になった」。巨大化、極小化の悟空の例は『西遊記』にはきりのないほど登場する。小粒の六神丸にされた山男も元にもどることができる丸薬を飲みこむと、「めりめりめりめりつ」と、巨大化した。また、支那人陳も同じ効果で「あたまがめらあつと延びて、いままでの倍になり、せいがめきめき高くな」った。

⑤『山男の四月』は夢に託した物語であるが、山男が目がさめ、現実世界に戻れたのは、背中をつかまえられてしまい、「足がから走り」して、「一生けん命遁げ」ようとしたからである。悟空も「幽冥界」から「飛び出したとたん、つる草のかたまりに足をとられ、から

だがよろけ、はっと目がさめ」たのである(第三回)。

主な類似点でもこれだけある。「黄金いろの目をした」山男のキャラクターが、「火眼金睛」の悟空に似ていることを認めてもらえるであろう。悟空をメインテーマにした本が、賢治の時代にいくつも刊行された。『西遊記』を愛読していた賢治の少・青年期に沿うものとして、次の二冊があげられる。

『孫悟空』(博文館『世界お伽噺』第一〇冊) 一九〇〇年(明治三三年)ごろ

『仏陀と孫悟空』武者小路実篤著(芸術社『武者小路実篤全集』所収) 一九二〇年(大正九年)

この二冊には、師父を助ける悟空も師父に導かれて、やがて一人前の求道者に成長していったことが書かれている。賢治は自分自身の成長の過程で、あるいは、求道の苦悩から、師父への渇望が募るようなときには、悟空を憧れの眼で見ることがあったのではないか。こうした悟空への関心の動機が求道的な背景であったという以上の理由のほかに、次のような不思議な奇縁がある。

丙申年生まれの猿縁

一八九六年(明治二九年)生まれの賢治は「申年《さる》」である。「申年の生まれなどは迷信的に人々にきらわれる習いですが、この年は丙申の年でありました」(佐藤隆房『宮沢賢治――素顔のわが友──』）と、十干十二支に絡めて、賢治について語られた一節である。偶然だが不思議な繋がりから、賢治が悟空をいよいよ近しく感じたのではないか。晩年、手元に持ちつづけた「雨ニモマケズ手帳」一六五、一六六ページには、次のような記載もある。

　　　　羽
早池峰山　◎七庚申
　月山　　月山　山
湯殿山　　◎五庚申
　羽黒山　　月
巌鷲山　　◎五庚申

猿の塚である「庚申」の存在場所らしい記述である。また、「生前発表詩篇」のなかの「郊外」には、「毬をかかげた二本杉　七庚申の石の塚」とある。賢治の脳裏には「サル」との共存を想像した部分があったようである。このことから、サル年生まれの賢治と悟空の縁が浮かび上がる。「猿」とは「縁」で結ばれていた。「七庚申」のメモのような筆記が書き残されたのは偶然でなさそうである。

　賢治には悟空に似ているともいえる、ひょうきんなところがあったらしい。『宮澤賢治年譜』（前掲）に掲載された学友の証言によれば、賢治が「五輪峠では、蛇紋岩脈にハンマーを打ち入れ転び散る岩片を拾い乍ら、ホー、ホー、二十万年もの間陽の目を見ずに居たので、みな驚いていると叫んでいる」ことがあったという。ユーモラスな賢治が浮かび上がるが、随分と周囲をびっくりさせたり、意表を突く賢治の行動を語る証言は数多い。

たとえば、増子義久氏の『賢治の時代』に掲載の「教え子たちの『賢治像』」を引用しよう。細川直見氏の話によれば、

　先生に誘われて同級生と三人で町はずれの清水寺の宵宮に行った……同級生が突然、寺の入口の木に登った。すると先生はそれを見ながら、犬のように吠えた。「ワァン、ワァン、ワァーン」と。帰る途中、今度は先生が近くの川に上衣を着たままで飛び込んだ。不思議な光景だった。

根子吉盛氏の話によれば、賢治が四次元の意味について語ったことがあると言う。

　「一次元」はただ真っすぐに進むだけしかない世界。「二次元」は長さと広がりがある。「三次元」は縦、横、高さがある。そして「四次元」は人は空を飛ぶし、地下も走ることができる世界。……岩手山に一緒に登ったことがある。途中で月が雲から顔を出すと、先生は「ほっほー」とフクロウの真似をして叫び、大きく手を開いたり、閉じたりして跳びまわったのでびっくりした。

上衣を着たまま川に飛び込んだり、フクロウの鳴き声を真似たり、周囲は一瞬度肝を抜かれたことであろう。唖然とする人たちの姿が想像される。一見して変人、奇人の風であることは確かである。悟空にもこうしたふざけが目立つ。〝変な猿〟と見られ、心の動きとして涌き出る発露を制御できずにふざける場面が『西遊記』に多いのである。

さきに触れたように、悟空は道教的な不老不死観から解脱本位の仏教観の域に移り行った。もとより、悟空は天才猿である。〝才猿〟という語呂合わせがよく似合う。この才気煥発が悪い方に発揮されて、いたずらが昂じる。周囲を困らせ、自由奔放、放蕩不埒の限りを尽くす。それが、玄奘に従ううちに浄化され、模範猿に変っていくのである。悟空のこの変異は、賢治にとって、鏡で自分を見つめている印象をもったのではないか。賢治自身も長男でありながら家業を継がず、自分のしたい道を進んで、家の宗派の浄土真宗を捨てて日蓮宗に宗派替えをする。また、父と対立して苦悩し自己卑下に陥ったりする。ときには、時代背景の鬱屈した秩序に挑戦し、いわゆる正道を踏み外していったわけである。

賢治の作品にはこのような人物が描かれている。たとえば、「山男」であり、「北守将軍」であり、「風野又三郎」であった。そして、賢治自身も含まれる。賢治は悟空に単なる愛情ではなく、自分の生き写しのように見詰めていたのではないか。こう考えれば、賢治の作品が普通の価値観で計れず、想像を超えたその内容も理解できるようになるであろう。

6「いとつゝましく歩み去る」

賢治の詩には自分を投影したものが多い。たとえば、

やみとかぜとのかなたにて
光りものとも見えにける
こなにまぶれし水車小屋は
にはかにせきし身を折りて
水あかりせる西天に
いとつゝましく〔歩〕み去る

（「病技師」下書稿〔二〕）

画家に自画像があるように、賢治の自分詩は自己を見つめ、内奥を映し出して赤裸々である。ときには、悲鳴が聞こえてきそうな悲壮な雰囲気が漂う。病を引きずり、格闘している賢治が目の前に浮かんでくる。作品でいえば「病技師」、『セロひきのゴーシュ』、「雨ニモマケズ」を

連想させる。病苦にあえいだ賢治であったが、ひたすら山野を歩いたのである。

ここで賢治の故郷を思い出してみると、岩手県は北緯三九〜四〇度の位置で、偶然だが、西域と同じである。とくに、タクラマカン砂漠の東の入り口だった楼蘭の地とは同緯度である。賢治は地図で西域を見つめる機会があったろうから、こうした偶然の一致によって親しみを感じ、西域への幻想をいっそう掻きたてられたと思われる。そして、病弱の自身の限界を克服しようと、無敵の悟空に託して賢治は西域を身近に感じながら、心の旅を想像し続けたことであろう。

たそがれ思量惑くして、銀屏流沙とも見ゆるころ……

（文語詩稿五〇篇「〔盆地に白く霧よどみ〕」）

おれたちの影は青い沙漠旅行

（『春と修羅』「真空溶媒」）

歩くことにより、心象の旅を完成させようとしたかのようである。

地面が踏みに従って

小さい歪みをなすことは

天竺乃至西域の
永い夢想であったのである
（前出「亜細亜学者の散策」）

心象の世界を歩く賢治の行為は孤独なものであった。それで自分を「陰気な」「郵便脚夫」になぞらえた。『銀河鉄道の夜』のジョバンニの言葉から、ひとりで山野を彷徨する賢治の心がしのばれる。

「ああほんとうにどこまでも僕といっしょに行くひとはないだろうか」

この嘆きは賢治の寂しい叫びでもある。「どこまでもどこまでもいっしょに行こう」と、ジョバンニが話すとき、賢治もうなづく姿が浮かんでくるではないか。おそらく賢治は『西遊記』の玄奘と同じように、「道づれ」と歩きつづけたかったろう。次の記述からも、その願いが裏付けられることが見られよう。賢治の作品には「四人組」が頻繁に登場するが、西天取経の玄奘一行はまさに四人組であった。以下にあげる例以外のものは資料②で示しておいた。

あまの川ほの〲白くわたるころすそのをよぎる四つの幽霊
（大正六年五月　歌稿〔A〕525）

その時、向ふから、眼がねをかけた、せいの高い立派な四人の人たちが、いろいろなピカピカする器械をもって、野原をよこぎって来ました。

（『気のいい火山弾』）

……そして自分の室に帰る途中ふと又眼をつぶりました。さっきの美しい青い景色が又はっきりと見えました。そしてそのなかにはねのやうな軽い黄金いろの着物を着た人が四人まっすぐに立ってゐるのを見ました。

（『学者アラムハラドの見た着物』）

向ふの黒い四つの峯は、
四人兄弟の岩頸で、
だんだん地面からせり上って来た。
……
たしかラクシャン第一子
まっ黒な髪をふり乱し
大きな眼をぎろぎろ空に向け
……
たしかにラクシャンの第二子だ。

長いあごを両手に載せて睡ってゐる。
次はラクシャン第三子
やさしい眼をせわしくまたたき
いちばん左は
ラクシャンの第四子、末っ子だ。
夢のやうな黒い瞳をあげて

（『楢の木大学士の野宿』「一、野宿第一夜」）

……先頃僕行って挨拶して来たおぢさんはもう十六回目の大循環なんだ。……おぢさんは大きな大きなまるで僕なんか四人も入るやうなマントのぼたんをゆっくりかけながら……

（『風野又三郎』〔後期下書稿〕）

玄奘一行に付き従って賢治も、気分は雲に乗って大循環をしたかったであろう。ときには、玄奘になったり、悟空になったりしたのではないか。賢治は「永久の未完成これ完成である」（『農民芸術概論綱要』「結論」）と言いつづけたように、終わりのない求道の旅をしたのである。

繰り返すことになるが、『西遊記』に触れて、賢治にとって法華文学創作への心象イメージを生み出す泉のひとつを得たのである。賢治を法華文学創作の世界に深く誘った案内役の一つは、少年のころから親しんだ『西遊記』であった。

【資料①】 賢治作品から抜き出した「西」を使った主な用例以下の通り。

・西ぞらの月見草のはなびら皺みうかびいでたる青き一つぼし
（明治四五年四月　歌稿［A］45）

・山なみの紫紺のそが西にふりそゝぎたる黄なる光よ
（明治四五年四月　歌稿［A］46）

・われ口を曲げ鼻をうごかせば西ぞらの黄金の一つ目はいかり立つなり
（明治四五年四月　歌稿［A］68）

・西ぞらのきんの一つ目うらめしくわれをながめてつとしづむなり
（明治四五年四月　歌稿［A］69）

・碧びかりいちめんこめし西ぞらにぼうとあかるき城あとの草
（大正三年四月　歌稿［A］182）

・きん色の西のうつろをながむればしばしば～かつとあかるむひたひ
（大正五年一〇月　歌稿［A］390）

・なまこ雲ひとむらの星その西の微光より来る馬のあし音　（大正五年一〇月　歌稿［A］407）

・オリオンは西に移りてさかだちしほののぼのぼるまだきのいのり
（大正五年一〇月　歌稿［A］409）

・薄明穹まつたく落ちて燐光の雁もはるかの西に移りぬ　（大正八年八月以降　歌稿［A］762）

・山なみの暮の紫紺のそが西にふりそそぎたる黄のアークライト
（明治四四年一月　歌稿［B］46）

・こぜわしく鼻をうごかし西ぞらの黄の一つ目をいからして見ん
（明治四四年一月　歌稿［B］68）

・「いきものよいきものよいきものよ」
とくりかえし
西のうつろのひかる泣顔
（大正五年一〇月　歌稿［B］395）

・なまこ雲ひとむらの星西ぞらの微光より来る馬のあし音
（大正五年一〇月歌稿［B］407）

・西天なほも水明り
（短唱「冬のスケッチ4」）

・隔離舎のうしろの杉の脚から　西のそらが黄にひかる
（短唱「冬のスケッチ5」）

・西は黒くもそらの脚　つめたき天のしろびかり
（短唱「冬のスケッチ5」）

・西のすこしの銀の散乱をうつす
（短唱「冬のスケッチ5」）

・わたくしはまた西のわづかな薄明の残りや
うすい血紅瑪瑙をのぞみ……
（『春の修羅第二集』「薤露青」一九二四・七・一七）

・扉を推す　森と　西に傾く日　となりの巨きなヨークシャイヤ豚が
金毛になり　独楽のやうに傾きながら
まっしぐらに西日にかけてゐる　かけてゐる
（詩ノート「〔扉を推す〕」一九二〔七〕・四・七）

・光環ができ　軟風（かぜ）はつめたい西にかわった
（詩ノート「〔光環ができ〕」一九二〔七〕・四・一九）

・そのとき青い燐光の菓子でこしらえた雁は

西にかかって居りましたし……

（詩ノート「〔古びた水いろの薄明穹のなかに〕」不明・五・七）

・精神作用を伴へば　聖者の像ともなる顔である
飯岡山の肩ひらけ　そこから青じろい西の天うかび立つ

（詩ノート「〔栗の木花さき〕」一九二七・七・七）

・豚《ゐのこ》はも金毛となりて、はてしらず西日に駈ける。

（文語詩稿一百篇「退耕」）

・古りたる沼さながらの、西の微光にあゆみ去るなり。

（文語師稿一百篇「〔ひかりものすとうあなゐごが〕」）

・雪のたんぼをつぎつぎと　西へ飛びたつ烏なり
……
西にとび行くからすらは　あたかもごまのごとくなり

（文語詩未定稿「烏百態」）

・西のそらは今はかゞやきを納め……

（『ひのきとひなげし』初期形）

・……若い木霊は大分西に行った太陽にひらりと一ぺんひらめいてそれからまっすぐに自分の木の方にかけ戻りました。

（『若い木霊』）

・……西のそらは青じろくて光ってよく晴れてるだらう。

（『おきなぐさ』）

・……西の山稜の上のそらばかりかすかに黄いろに濁りました。

（『インドラの網』）

・……その西側の面だけに　月のあかりがう〔つ〕ってゐた。

（『楢の木大学士の野宿』「野宿第二夜」）

・……町のいちばん西はじの黄いろな崖のとっぱなへ青い瓦の病院……

（『北守将軍と三人兄弟の医者』初期形「三人兄弟の医者」）

……烏の大尉は、けれども、すぐに自分の営舎に帰らないで、ひとり、西のはうのさいかちの木に行きました。雲はうす黒く、たゞ西の山のうへだけ濁つた水色の天の淵がのぞいて底光りしてゐる。……

（『烏の北斗七星』）

・西の山脈の、ちぢれたぎらぎらの雲を越え……

……西北の方からは、少し風が吹いてきました。……

……もう西の方は、すつかり灰いろに暗くなりました。……

……西の方の野原から連れて来られた三人の雪童子《ゆきわらす》も、……

……三人の雪童子《ゆきわらす》は、九疋の雪狼《ゆきおいの》をつれて、西の方へ帰つて行きました。……

（『水仙月の四日』）

・……西側の窓が鈍い鉛色になつたとき汽車が俄にとまりました。

（『氷河鼠の毛皮』）

・……その間に本線のシグナル柱が、そつと西風にたのんでかう云ひました。……

……五日の月が、西の山脈の上の黒い横雲から、もう一ぺん顔を出して山へ沈む前の、ほんのしばらくを鈍い鉛のやうな光で、そこらをいつぱいにしました。……

……西のそらが変にし［ろく］ぼんやりなつてどうもあやしいと思つてゐるうちにチラチラチラチラたうたう雪がやつて参りました。……

（『シグナルとシグナレス』）

・……正法千《しやうばう》は西の天《そら》　余光《よくわう》の風も香はしく……

（応請原稿等「法華堂建立勧進文」）

・西ぞらのちゞれ羊より　ひとの崇敬は照り返され……

（東京ノート）

【資料②】　玄奘一行四人を思わせる賢治の主な作品例

・谷の上のはひまつばらにいこひしをひとしく四人ねむり入りしか

（大正六年五月　歌稿［B］528）

・めさむれば［　］四人ひとしくねむりゐたり
はひ松ばらのうすひのなかに

（大正六年五月　歌稿［B］528・歌稿［B］529）

・……それは四人兄弟《よにんきやうだい》の岩頸《がんけい》でだんだん地面からせりあがって来ました。……
「ははあ、こいつらはラクシャンの四人兄弟だな。……」
…ラクシャンの第一子は、長い長いあごを、両手の上にのせてねむり、ラクシャン第三子はやさしい目をせわしくまた、き、ラクシャン第四子は、夢のやうな黒い瞳をあげて、じっと東のなだらかな高原を見つめてゐました。

（『青木大学士の野宿』「一、野宿第一夜」）

・「……丁度おれの家では、子供が四人できて、

（『クンねずみ』）

・……説教の松の木のまはりなった六本にはどれにも四疋から八疋ぐらゐまで梟がとまってゐました。

（『二十六夜』）

・私の町の博物館の、大きなガラスの戸棚には、剝製ですが、四疋の蜂雀がゐます。

（『黄いろのトマト』）

・……あちこちに四つ、結び目をこしらえて、……
……やっと気がついてとまってみると、すぐ目の前に、四本の栗が立ってゐて、その一本の梢《こずゑ》には、黄金《キン》いろをした、やどり木の立派なまりがついてゐました。……

……いなづまのやうにつゞけざまに丘を四つ越えました。……

（『タネリはたしかにいちにち噛んでゐたやうだった』）

・小岩井農場の北に、黒い松の森が四つあります。……

……四人の、けらを着た百姓たちが、……

……九人のこどもらのなかの、小さな四人がどうしたのか夜の間に見えなくなつてゐたのです。

（『狼森と笊森、盗森』）

……『約婚指輪《えんげーじりんぐ》をあげま〔す〕よ、そらねあすこの四つならんだ青い星ね』……

（『シグナルとシグナレス』）

……事務長の黒猫が、まつ赤な羅沙をかけた卓を控えて……

……四人の書記は下を向いて……

（『寓話　猫の事務所――ある小さな官衙に関する幻想――』）

……（こんや、一時まで泊めて下さい。四人です。……）

（初期短篇綴等「柳沢」）

……四人の運送屋　同じき鋭き　カラ〔ッ〕つけて　何かはしらず
ほくえ〔そ〕えみ　行けるものも　あり……

（兄妹像手帳）

……谷川の岸に小さな四角な学校がありました。……先生はたった一人で、五つの級を教へるのでした。それはちゃうど二十人になるのです。……

（『風野又三郎』〔後期下書稿〕）

第二部　宮沢賢治と『唐詩選』

――『北守将軍と三人兄弟の医者』を中心に――

1 漢詩との出会い

宮沢賢治が残したものは、詩八〇〇編余り、童話約一〇〇編、短歌約千首、そのほか歌曲、教材用絵図、演劇、花壇の設計などもある。賢治のこのマルチぶりが幅広いファンをつくりだしているのであるが、作品のほとんどが生前、発表の機会に恵まれなかった。しかし、童話『北守将軍と三人兄弟の医者』は生存中の一九三一年(昭和六年)七月、佐藤一英編『児童文学』(文教書院)第一冊に掲載されたものである。

話は、塞外の砂漠で戦闘に明け暮れた北守将軍ソンバーユが九万人の軍隊を率いて、都へ三〇年ぶりに凱旋するところから始まる。将軍は不思議な病気にかかっていた。兵隊も似たような病気に悩んでいた。それを、三人兄弟の医者が妙薬で治してしまう。将軍は兄弟三人を大将に推薦して、自分は故郷の山にこもって仙人になったといううわさを伝えて終わる。

この童話についての研究論文は多いが、中国との関係をベースに追究したものは少ない。わずかに、『唐詩選』などとの繋がりについて触れた指摘がいくつかあるにすぎない。

そのひとつは奥田弘氏の「宮沢賢治と『和漢名詩鈔』—その詩歌への投影について」(同人誌

『銅鑼』第二号)である。氏は賢治が中学時代、結城蓄堂編『和漢名詩鈔』を読んでいた事実を指摘し、そのなかには、杜甫の「北征」と李白の「城南に戦ふ」のように、戦争とその悲惨を詠ったものがあるとして、賢治は影響を受けたと言う。

二つめは倉田卓次氏の「思い出の美少年」(遠藤麟一郎著『墓一つづつ賜はれと言へ』所収)で、『北守将軍と三人兄弟の医者』中の兵隊たちによる軍歌の典拠が、『唐詩選』の盧綸、張仲素の詩をふまえているという指摘である。

三つめは続橋達雄氏の、賢治の作品は中国への関心抜きには考えられないという一般的な指摘である(『宮沢賢治必携』「別冊國文學」一九八〇年春季号)。

四つめは、『新校本宮沢賢治全集・第一一巻校異篇』(筑摩書房)。『北守将軍と三人兄弟の医者』(初期形)の軍歌の出典に触れ、第一節は、盧綸の「和張僕射塞下曲」、第二節は張仲素の「塞下曲二」、削られたもとの第二節は西鄙人の「可叙歌」(哥舒歌)を踏まえていると指摘した。

五つめに、拙著『謝々!宮沢賢治』も挙げさせていただく。唐代詩人の盧綸の詩と、北守将軍の軍歌を対比したうえで、その相似点を整理して、盧綸の詩の投影がみられるとした。

六つめは、多田幸正氏の『賢治童話の方法』。氏は西域関係の漢詩などとの接点に触れながら、金子民雄氏の『宮沢賢治と西域幻想』を引き、『後漢書』(范曄撰)にあげられた班超の伝記から、北守将軍という人物造型への借用の可能性を説いた。

これらの問題提起及び研究テーマの示唆は、いずれも貴重である。この第二部は、以上の指摘も参考にしながら、賢治文学における多面的な刺激源の一つとして『唐詩選』との関わりを、『北守将軍と三人兄弟の医者』を通して、掘り下げていこうとするものである。

賢治が漢文に接して、中国文化への造詣を養ったことは残った蔵書や作品などから推察するしかない。蔵書は大部分戦災で焼失してしまったからである。賢治の蔵書リストは焼失を免れたものをまとめたとされており、その中には『漢文大系』『唐詩選』など数十冊の中国関係文献がある。このことだけでも中国古典に強い関心のあったことが窺える。そして、中学時代から『和漢名詩鈔』を読んだようである。父への手紙には、その本を購入した報告をしている。

又小生の小使に於ても大繰越しを致し候（　）その理由のうちの大なるもの大約是の如く候

結城蓄堂編

和漢名詩集　八十銭

（大正元年（一一月三日）・宮沢政次郎宛）

また、この続編である『續和漢名詩鈔』が一九一五年（大正四年）一〇月に発行されたが、賢治が学んだ盛岡高等農林学校図書館に蔵書されていたことが、一九三四年（昭和九年）三月末時点の同校図書館所蔵の和漢書を分類収録した『和漢書目録』からわかる。賢治が在学したのは研究生期間を含め一九一五年（大正四年）から六年間である。賢治在学中の蔵書状況を俯瞰しうるもので、賢治がこの続編も読む機会はあったと推測している。

漢詩に興味をもち、晩年まで詩作に熟慮したりした跡が賢治自身の一九三一年(昭和六年)ごろの「手帳」に、次のような本のタイトルのようなものが書き込まれていることからわかる。

　匪　虎　匪　駒
文語文典　　　　門
漢詩入門　漢詩入門　　門
漢詩入門　漢詩入門　　　　　　(兄妹像手帳)

また、同じころの一九三一年(昭和六年)出版した『北守将軍と三人兄弟の医者』の創作メモのある手帳に漢詩が書き残された。

　千里鶯啼緑映紅
　山廓水村酒旗風
千　里　里　鶯　鶯
　　　鶯　　　　　　(孔雀印手帳)

この三行のうち初め二行は、唐代の詩人・杜牧(八〇三―八五二)の「江南春絶句」四行詩の

前半である。二行に続く句は、

南朝四百八十寺
多少楼台烟雨中

この詩は、春の江南が舞台である。鶯の啼く声があちらこちらから聞こえてくる若葉の季節が詠われている。水辺の村にも山ぎわの里にも、居酒屋の青い旗が風にはためいて、南朝以来の四八〇寺の数知れぬ堂塔が、うちけぶる春雨のなかに霞んでいる情景が浮かぶ。この詩は『和漢名詩鈔』にも収録されている。手帳で繰り返した「千里」「鶯」にどういう思いがこめられたのか……。詩心の真髄を汲み取ろうと、心象を記録しておこうとでもしたのか……。手帳の走り書きが賢治の詩心の部分的な跡を窺わせるようである。

ところで、漢詩の心については、佐藤保氏が説いている。

中国の詩の世界は出世間的なものばかりでなく、極めて多様です。逆にむしろ、多くの詩人たちは世間のことがらにきわめて敏感でした。たとえ人里離れた山林に住もうと、華やかな宴会に酒盃を傾けようと、優れた詩人たちはその時代、その場所の空気を敏感に感じ取り、その思いを自分の言葉で表出しようと懸命の努力を重ねました。

（『中国の詩情　漢詩をよむ楽しみ』）

これは、中国の詩人たちの詩的動機を如実に説明している。賢治は、こうした中国の詩人の心を理解できたのである。深い理解ぶりは、一九三三年（昭和八年）八月二三日、母木光に宛てた手紙から感じられる。

……昔の漢詩人たちなど、この溜ったものを原動力にして更に仕事し、慷慨も歌悲傷の詩を生々と作りだしたりしたやうですが……

詩人であるからこそ時代に足をつけ、日常的実践をしながら詩を生み出していくべきであることを語っている。日付はこの世を去る一カ月ほど前である。晩年の賢治の、成熟した漢詩理解を知ることができる。

童話『北守将軍と三人兄弟の医者』の完成はこの手紙の二年ほど前の一九三一年になる。創作の糧にしようと読んだと思われる漢詩を、その心に触れながら吟味して、前述の手帳に書いたり、この童話の推敲を重ねていったことが想像できる。この意味において、『北守将軍と三人兄弟の医者』には賢治なりの漢詩の心を反映している。その創作プロセスは、賢治における漢詩の心によるひとつの考察と実体験といえなくもない。考察の続編は二年後の上述の手紙文に書き記されたのであろう。

賢治は『北守将軍と三人兄弟の医者』という作品中に、敏感に感じた「世間のことがら」（佐藤保氏の用語）を表現していると思われるが、簡単に見ておこう。

長年月の外征のあと凱旋した将軍が、退役を選んで、平和を誠実に訴え、将軍は最後に山に隠《こも》る。しかし、賢治はリンパー先生を使って、将軍が仙人になったことを否定させる言葉を語らせている。賢治は単純に現実から隠遁した将軍像をとらずに、戦争を生む社会に対する鋭い考察を秘めていたのではないか。これが『北守将軍と三人兄弟の医者』を貫く寓意性であることは後に見ていくが、賢治自身の世間のことがらへの態度の表示にも、漢詩の心との関わりを見逃すべきではないだろう。このような漢詩を受容した詩心という角度から、賢治の実像を浮かび上がらせることが、第二部のテーマである。

というのは、多角的な賢治研究があるものの、漢詩との関わりで作品を研究したものは極めて不十分である。それゆえ、『北守将軍と三人兄弟の医者』という童話を代表させて、漢詩が深く投影されていることを抉り出すことは意義があろう。

ただし、ことわっておくと、賢治は作品に漢詩そのものをストレートに引用したりはしていない。原文のままの借用は、賢治という作家にはほとんど皆無といっていい。漢詩の世界に惹かれながら、必ず咀嚼、蒸留あるいは昇華の作業を経た。そのあと作品の構成に投射した。漢詩と触れ合う中で、新しい別な世界を出現させたのである。

文学の世界で、翻案という作業は少なくない。中国古典に拠ったものでつとに有名な例は、芥川龍之介の『杜子春』であろう。また、部分的な翻案の例としては、石川啄木の詩「紅苜蓿・曽保土」を挙げることができる。「わが被く三千丈の白髪は誰ぞ培ひし答へたまへよ」と歌ったものだが、これはおそらく李白の「秋浦歌」の「白髪三千丈／縁愁似個長／不知明鏡裏／何處得秋霜」の表現を基にしている。

これら二人の翻案に比べ、賢治による漢詩の活用ははるかに創作に近い成果をあげている。密度も濃く、複雑である。翻案の域を超えているといわねばならない。

そもそも賢治はさまざまな先行文学をミキサーにかけている。多くの漢詩もまたミキサーにかけ、違った味わいに仕立てあげている。それは「心象の記号」(大塚常樹『宮沢賢治　心象の記号論』)と化し、自分と一体に溶け合い、ほとんど無意識に、自然体で「賢治テクスト」(同前)に昇華してしまっている。言うなれば、蜜蜂が広い野原を飛び交い、無数の草花から吸った甘い汁が体内の器官を経て口から再び外に排出されるとき、貴重な蜜に変質しているごときである。賢治の消化器官は、大塚氏の表現を借りれば「テクストの基層にある」「《唯識論的な時空間認識》である心的現象」という思考形態を特徴としている。しかし、「心的現象そのものの相対化」ということでもあろう。

漢詩からの刺激は賢治にとって、つねに「心的現象そのものの相対化」式受容により、さらに独自の生産・創造に発展していくのである。作品になったときに、漢詩から刺激を受けたとわかる跡はおぼろげで、かすかな余韻としてしか見出すことはできない。賢治の心象にかかると、創作とかわらないほどの新しい映像を結んでしまう。作品からほとばしる映像の源流を見つけることは、砂漠のオアシスの水源と同じように至難なのである。賢治自身が名付けた「心象スケッチ」とは、この映像化のことであろう。これこそ、ほかの作家の創作作業とは異質な賢治の独自性であり、詩心そのものの演出の成果と言えよう。

『北守将軍と三人兄弟の医者』に貫かれる寓意性の展開をみながら、それに隠した「心象の記号」と詩心を追い、その発想の源流のひとつとして、漢詩が投射されていることをこの後明らかにしていく。『唐詩選』にほぼ絞って検証した。

なお、詩の引用は主に賢治が読んだと判断できる『唐詩選』(『漢文大系』第二巻・冨山房・明治三四年＝一九〇一年)によるが、一部は『和漢名詩鈔』を利用している。また、それぞれの詩の『全唐詩』(中華書局・一九六〇年)における所在を資料②に明示している。

また、『北守将軍と三人兄弟の医者』の舞台の一つが『西遊記』と同じ西域であることに注目したい。歴史的に西域とは、厳しい自然環境に置かれた広大な地域でありながら東西文化の交流を橋渡ししてきた。印度で興った仏教伝播の回廊にもなった。こういう西域を作品の舞台にした賢治の意図もあったはずである。

かつて、玄奘は西域に足を踏み入れて仏教の盛衰を見聞し、目的地の「西天」を目指した。玄奘にとって、出発地の唐土は救いを求める苦界の地を意味した。中国域内の西域は、仏教伝播の重要な回廊で、仏法の盛衰が繰り返された歴史の舞台であったゆえに、救済に至る修行の道と位置付けできるであろう。賢治にとっても西域は求道者としての「全生涯の仕事」(賢治の遺言)の聖なる道場の意味をもったと考えられる。玄奘の西天取経になぞらえて、賢治は自分を修羅に仮託して取経の試練を精神に課した。この意味において、西域を舞台にした『北守将軍と三人兄弟の医者』は、賢治の求道精神による所産とも言えそうである。求道の気概は厳格さを失わせず、賢治をして心眼に映った出来事をもとに成熟度の高い作品にしたと思われる。

2　北守将軍のモデル

硬直人間

作品の内容に即して見ていこう。主人公の一人、北守将軍は砂漠を戦場に三〇年、うんざりして都に戻りたい欲求との心の中の戦いも何度もあったことだろうが、ともあれ都に凱旋を果たした。そして王からの迎えの一行と出会って、急いで、馬を降りようとしたときのことである。

……ところが馬を降りれない、もう将軍の両足は、しつかり馬の鞍につき、鞍はこんどは、がつしりと馬の背中にくつついて、もうどうしてもはなれない。……あゝこれこそじつに将軍が、三十年も、国境の空気の乾いた砂漠のなかで、重いつとめを肩に負ひ、一度も馬を下りないために、馬とひとつになつたのだ。

砂漠の冷え込みは、体が凍りつくように厳しい。将軍は戦いに明け暮れて、愛馬と一体になったことが、「あの国境の砂漠の上で、三十年の昼も夜も、馬からおりるひまがなく、とうとうからだが鞍につき、そのまま鞍が馬について……」というぐあいに描かれている。

ところで、童話『北守将軍と三人兄弟の医者』が発表されたのは一九三一年(昭和六年)夏であった。この童話には、草稿あるいは下書きとみられる韻文形(題は『三人兄弟の医者と北守将軍』)や発表前にしたためた初期形といわれるもの、また発表後に手を入れたものなど、いく通りか、推敲跡をたどることのできるものが残っている。

「あの国境の砂漠の上で……」の部分は、下書き稿では古い方の韻文形は「……太刀のつかをとれば/手はすぐこゞえつく。」とあるが、初期形になると、さらにこまかく描写されていた。

北斗の空高く
風は氷を　うたがへり
太刀とる指は　たまゆらに
凍えて砕け　落ちんとす

韻文形、初期形を通じて、戦闘の姿勢を保つ戦士についての描写は共通である。『唐詩選』に、類似形の戦士の様子を詠んだ詩群がある。その中から「北斗の七星」の書き出しで、夜も徹して戦う場面を描いた西鄙人の「哥舒歌」を見よう。

北斗七星高　　北斗七星高シ
哥舒夜帯刀　　哥舒夜刀ヲ帯ブ
至今窺牧馬　　今ニ至ルマデ牧馬ヲ窺フ
不敢過臨洮　　敢テ臨洮ニ過ラズ

もうひとつ『唐詩選』にある李頎《りき》の「崔五丈圖屏風賦得烏孫佩刀」も参考に引用してみよう。

烏孫腰間佩兩刀　　烏孫腰間両刀ヲ佩ブ
刃可吹毛錦為帯　　刃ハ毛ヲ吹ク可ク錦ヲ帯ト為ス
握中枕宿穹廬室　　握中枕宿ス穹廬室
馬上割飛蠮螉塞　　馬上割飛ス蠮螉塞
……　　……

いずれも「昼も夜も」ひとつの姿勢をつづける戦士を詠った。「夜刀ヲ帯ブ」も、「握中枕宿ス穹廬室」も武人の士気に溢れ、武器を一刻も肌身離さず、戦場で生きぬく戦士の忍耐そのものを描写している。北守将軍が馬にまたがりつづけた行為もまた、砂漠で戦いぬく軍というもののの象徴的な所作である。

しかし、戦さの悲壮感よりも、賢治が言いたかったのは、命の争奪が果てしなく繰り返される戦争の悲劇として、生き残っても心身の傷ついた人間をつくりだすということであろう。賢治が北守将軍に「体が硬直して」と言わしめた本意は、戦場の怖さを伝えたかったからではないか。

硬直人間が戦さの犠牲と見なされるなら、砂漠の厳しい気候条件は戦場の残酷をわかりやすく語ったと思われる。昼は猛暑、夜になれば急激に冷え込み、この寒暖の激しさが無防備なあらゆる生物を襲う。乾燥した気候のなかで死体は風化に任され、自然にミイラ化してしまう。これも体の硬直を連想させるのである。唐代、詩才あふれた岑参《しんじん》の「白雪歌送武判官帰京」(『和漢名詩鈔』)がこうした風景と人間をよく描写している。

……

将軍角弓不得控

都護鐵衣冷難着

瀚海闌干百丈氷

愁雲黲淡万里凝

……

将軍ノ角弓控クヲ得ズ

都護ノ鐵衣冷クシテ着難シ

瀚海闌干トシテ百丈氷リ

愁雲黲淡トシテ万里凝ル

砂漠ではあらゆるものが凍ってしまう。こうした砂漠の自然状況は西域を題材にした漢詩に多く描かれてきた。とくに砂漠を戦場として詠う詩が『唐詩選』に多い。その一首をここでは挙げ、そのほかの主なもの二〇首余の作者・題名を挙げ、本第二部末に列挙した。

葡萄美酒夜光杯　　葡萄ノ美酒夜光ノ杯
欲飲琵琶馬上催　　飲マント欲シテ琵琶馬上ニ催ス
酔臥沙場君莫笑　　酔ウテ沙場ニ臥ス君笑ウ莫シ
古來征戰幾人囘　　古來征戰幾人カ囘ル
（王翰「涼州詞」）

おそらく、このような詩に触れれば、厳しい砂漠の様子が分かるだろう。というのも、賢治の時代はまだまだ、砂漠の情報が乏しかったことがあるからである。賢治はこうした漢詩を読み、あるいは『大唐西域記』『西遊記』などからも知識・情報を得て、砂漠の情景を膨らませたのではないか。そして、「心象の記号」として『北守将軍と三人兄弟の医者』の戦場に仮託をしたのであろう。

灰色の植物人間

北守将軍は都に戻ったとき「するどい目をして、ひげがまっ白な、せなかのまがった」「くしゃくしゃ顔」という様子だったということからして、異様な風体であり、だれがみても、痩せ疲れた老骨の印象であったろう。将軍の奇怪な外形をひきたてたのは、これだけではなかった。

……おまけに沙漠のまん中で、どこにも草の生えるところがなかつたために、多分はそれが将軍の顔を見付けて生えたのだらう。灰いろをしたふしぎなものがもう将軍の顔や手や、まるでいちめん生えてゐた。

……兵隊たちが、みな灰いろでぼさぼさして、なんだかけむりのやうなのだ。

色彩について豊富な感覚をもっていたのが賢治である。多彩な色彩感覚の絵の具で作品を奏でていった。一色一彩に意味をもたせていた。灰色についても特別な使い方をしていたと思われる。「灰いろをしたふしぎなもの」とは何を意味しているのか。これを説明する前に、理解に必要な知識として、「灰いろ」のメッセージを調べてみたい。「灰いろ」という色彩が賢治の「心象スケッチ」でひんぱんに使われている。主な例を挙げると、こちらには、紫色のギザギザと、かがやく灰色のねたみ合ひかな。

（『校友会会報』第三三号）

からす、正視にたえず、
また灰光の桐とても
見つめんとしてぬかくらむなり

（短唱「冬のスケッチ一七」）

灰鋳鉄のやみのそこにて
なにごとをひとりいらだち
罵るをとこぞ　天ぎらし。

（短唱「冬のスケッチ二六」）

私は線路の来た方をふりかへって見ました。そこは灰色でたしかに　死にののはらにかはってゐたのです。闇もさうでしたしかれくさもさうでした。

（短唱「冬のスケッチ二七」）

心象のはいいろはがねから
あけびのつるはくもにからまり

（『春と修羅』「春と修羅」）

下では権現堂山が　北〔斎〕筆支那の絵図を
パノラマにして展げてゐる
北はぼんやり蛋白彩のまた寒天の雲
遊園地の上の朝の電燈
ここらの野原はひどい酸性で
灰いろの蘚苔類しか生えないのです

（詩ノート「〔ちぢれてすがすがしい雲の朝〕」一九二〔七〕・四・八）

……からすの大監督は、もうずゐぶんの年老りです。眼が灰いろになつてしまつてゐますし、啼くとまるで悪い人形のやうにギイギイ云ひます。……

（『烏の北斗七星』）

……シグナ〔ル〕はもうまるで顔色を〔変〕へて灰色の幽霊みたいになつて言ひました。……

（『シグナルとシグナレス』）

芸術をもてあの灰色の労働を燃せ

（『農民芸術概論綱要』「農民芸術の興隆」）

以上の灰色に関連する表現は、どれも暗さがあり、険悪、重苦しさが満ちる。と同時に、灰色は一般的にも薄闇を演出する色である。しかし、闇を認識することは、もやもやした憂鬱を洗い流す前ぶれでもあり、さらに暗くなる前ぶれでもある。変化を起こしたい期待感をにじませるようでもあり、希望が裏切られる予感でもある。だから「そこは灰色でたしかに　死にののはらにかはってゐたのです」と、無力感を嘆き、挽回不可能の局面をむなしく受け入れることに通じるのである。結局、死へ転じる怖さをはらんだのが賢治の灰色でもある。『新宮澤賢治語彙辞典』では、「いらいらした憂うつな心理の表現」という意味を紹介している。

『北守将軍と三人兄弟の医者』に登場する灰色も、まったく同様の効果を出していると思われる。軍隊や戦争が灰色に染められている。無気味な、憂鬱な、ときには、陰険な、こういった複合した印象を与えようとしたのである。

ところで、『北守将軍と三人兄弟の医者』の「灰いろをしたふしぎなもの」は初期形や韻文形の草稿では「猿をがせ」(サルオガセ)であることにも触れておこう。これは、湿潤な岩などにつく地衣類で、白緑色をしている。淡い色のトロロコンブによく似ているらしい。水が欠かせない地衣類が、乾燥した砂漠を舞台にした物語に出てくるのは不自然である。これに気付いた賢治は推敲して、のちになって改めたのであろう。

初期形などでは、不思議な苔類を表わすつもりで「猿をがせ」と書いたのであろうと、推量できる。賢治は詩「鎔岩流」のなかでも同じようなものを生えさせている。

けれどもここは空気も深い淵になつてゐて
ごく強力な鬼神たちの棲みかだ
一ぴきの鳥さへも見えない
……
恐ろしい二種の〔苔〕で答えた
その白つぽい厚いすぎごけの
……
灰いろの苔に靴やからだを埋め
……

この詩の舞台は、賢治がよく登った岩手山である。江戸時代の享保四年(一七一九年)、東側火口から熔岩が流れ出した。その跡が「焼き走り鎔岩流」になった。特別天然記念物でもある。賢治の見たときから数十年後の現在も、ところどころで地衣類や蘚苔類が生えている。「からだを埋め」るほどの繁茂地帯に足を踏み入れたとは、文学的表現であるが、岩場で育つ「灰色」の苔の情景を強く印象づけられた賢治はめざとく、『北守将軍と三人兄弟の医者』で、岩場を、砂漠地帯に置きかえて、いったんは「猿をがせ」と書いたようである。

「灰いろの苔」に類似している表現は、もうひとつ挙げられる。「詩ノート」(大正一三、一四年)では「支那の絵図をパノラマにして展げてゐる」すぐあとに「ここらの野原」にも「灰いろの蘚苔類しか生えないのです」と続けている。このくだりまでに「灰いろの蘚苔類」が三つの場所に登場している。支那、鎔岩流、砂漠の戦場となる。賢治はこの三つの場所を駆け巡るとき、いずれをも「灰色」で染めてしまう。

とはいっても、即座に納得できないのが、支那や砂漠の灰色である。一般的に黄色に描かれているものであるから。賢治が「灰色」とした理由を考えたとき、その一つとして『唐詩選』の常建の「塞下曲」に影響された可能性が浮かんでくる。

……

髑髏盡是長城卒　　　　髑髏盡ク是レ長城ノ卒

日暮沙場飛作灰　　　　日暮沙場飛ンデ灰ト作ル

漢民族と北方の遊牧族との戦いが有史以前から繰り返された。幾多の戦士が殺戮の犠牲になり、名も残すことなく砂漠に屍をさらしてきた。防壁の長城建設に、数多の農民が動員された。容赦ない為政者の命令に過酷な労働が、絶え間なくつづいた。あげくには、石垣に埋まり、過酷な数用に到れた人の数はしれない。無造作に放置された死人たちの怨念が髑髏にこもっている。砂漠は怨みが埋まる灰色の世界になる。そこにとどまる無念の怨霊も当然灰色にちがいないと想像させる。常建の詩では、灰色が点睛の役割を果たしている。

幾多の戦いを見つめ、灰色の怨霊がこもる長城はひとつの灰色の建造物として、賢治には見えていたように思われる。そうであるならば、「支那」また砂漠の戦場を灰色のごとく描いても不自然ではなかろう。

支那を戦場に想定した『北守将軍と三人兄弟の医者』にある「灰いろ」は怨霊を潜ませた死の色であり、生存者の十字架でもあろう。北守将軍は都に戻ったものの、灰色の重い呪いがとれるわけではなかった。廃人一歩手前の、いわば灰色の植物人間のように、体の硬直によって笑うこともできず、掛け算の「九九」も計算できなくなっていたのである。

まとめれば、賢治にとって「灰色」は大きな意味をもったのであろう。つまり、戦死者の霊が「灰色」であり、死へと誘う色が灰色とされたように思われる。

「明鏡白髪」の移植

灰色の北守将軍が三人兄弟の医者に診てもらったあと、「白髪は熊より白く輝」いた。高齢の将軍に、威厳と風格・風貌がよみがえったのである。

しかし、青春は戻らない。砂漠で戦いつづけた三〇年は、将軍の青春を奪い取った。だれにも一生のなかで若い時代ほど、充実するときはないものである。生きる目的と価値の築かれるのが青春というものでもあろう。ところが、将軍は異質な空間でかけがえのない青春の時間を過ごし、別世界の生物になってしまった。同じ人間でありながら、その無念と不公平をいつしか感じるようになったのであろう。

『唐詩選』にある王烈の作「塞上曲」が北守将軍の鬱懐を代弁している。

紅顔歳歳老金微　　紅顔歳歳金微ニ老イ
沙磧年年臥鐵衣　　沙磧年年鐵衣ニ臥ス
……　　……
明鏡不須生白髮　　明鏡白髮生ズルコトヲ須ズ
風沙自解老紅顔　　風沙自解ス紅顔老ユルコトヲ

「金微」は地名。「沙磧」は砂漠のことである。「鉄衣」は鎧をいう。この漢詩の舞台も人物も、まさしく北守将軍を連想させる。このように『唐詩選』には「白髪」に託して無情を詠う漢詩が少なくない。たとえば、李白の「秋浦歌」と、劉廷芝の「代悲白頭翁」、さらに張九齢の「照鏡見白髪」は千古の絶唱である。

白髪三千丈　　白髪三千丈

縁愁似個長
不知明鏡裏
何處得秋霜

愁ニ縁リテ個ノ似ク長シ
知ラズ明鏡ノ裏
何レノ処ヨリ秋霜ヲ得タル
（李白「秋浦歌」）

年年歳歳花相似
歳歳年年人不同
寄言全盛紅顔子
應憐半死白頭翁

年年歳歳花相似タリ
歳歳年年人同ジカラズ
言ヲ寄ス全盛ノ紅顔子
憐ムベシ半死ノ白頭翁
（劉廷芝「代悲白頭翁」）

宿昔青雲志
蹉跎白髪年
誰知明鏡裏
形影自相憐

宿昔青雲ノ志
蹉跎ス白髪ノ年
誰カ知ラン明鏡ノ裏
形影自相憐マントハ
（張九齢「照鏡見白髪」）

『唐詩選』ではないが、王維の「老将行」（『王右丞集』巻六所収）も参考にされたのではないか。「少年十五二十の時」から戦いに参加し、戦いのなかで齢をとり、「世事蹉跎として白首と成る」と嘆きを詠った。北守将軍の思いとダブルのである。

もう一首あげると、詩人・張喬も『唐詩選』のなかで「宴邊將」と題して辺境を守る将軍のために悲しみを詠った。

坐中有老沙場客　坐中沙場ニ老イタル客有リ
横笛休吹塞上聲　横笛塞上ノ聲ヲ吹クコトヲ休メヨ

四方どこをながめても砂の海が広がる。戦っても戦っても果てしない戦いの繰り返しである。砂漠がすべての戦いを呑みこむ。戦うことの無意味さを砂漠が示しているようである。そんな砂漠に向かって横笛を吹いてもなんの気休めにもならない。いたずらに年を経るだけではないか。この詩の一行にこめられた感慨は、胸に迫るものがある。張喬自ら「沙場ニ老イタル客」と自嘲している。紅顔から白髪への移行を詠い、人間である意味を考えさせる。

賢治はこの「移行」を捉え、北守将軍に「白髪」を「増毛」させたのであろう。『唐詩選』の「白髪」が、賢治の「心象」によって濾過された一瞬、大塚常樹氏のいう「相対価値」を内包したようである。それは人権を無視した戦争への懐疑ないしは否定である。賢治は鋭く感応し、以上のような詩を参考に、イメージを膨らましたのではなかろうか。

こうしたことから、賢治が戦争について描写するときの特徴が浮かび上がるようである。戦さの勝ち負けよりも、また国家や集団の利益よりも、人の命がどういう位置にあるのか、つまり戦争に巻き込まれた人間、ひとりひとりに関心をもつ。硬直してしまった人間の悲劇はいうまでもなく、生きていくうえでの現実問題を絞った切り口から戦争を捉えようとしたと考えられる。

賢治のそうした視点は、兵隊の食生活を書いた作品にも反映されている。飢餓におびえる兵たちはつい飢えからたまらず暴動を起こした。「飢餓陣営」という作品で、賢治は代弁した。

……大将の勲章を部下が食ふなんて
割合に適格なことでもありませんが
まる二日食事をとらなかつたので……

（歌曲「〔私は五聯隊の古参の軍曹〕〔飢餓陣営の歌（一）〕」）

……糧食はなし　四月の寒さ……
いくさでしぬならあきらめもするが
いまごろ飢えて死にたくはない……
つかれたつかれたすっかりつかれた
脚はまるっきり　二本のステッキ……

（歌曲「〔糧食はなし四月の寒さ〕〔飢餓陣営の歌（二）〕」）

……飢餓陣営のたそがれの中　犯せる罪はいとも深し……

（歌曲「〔飢餓陣営のたそがれの中〕〔飢餓陣営の歌（四）〕」）

……飢餓の　陣営　日にわたり……
やむなく食みし　将軍の
かがやきわたる　勲章と
ひかりまばゆき　エポレット……

（歌曲「〔いさをかゞやく　バナナン軍〕〔飢餓陣営の歌（五）〕」）

『烏の北斗七星』にも、烏同士の戦いは、山烏の「お腹が空いて山から出て来」たのが原因であった。そこでは、戦争による共同世界の崩壊が描かれる。

「……しかしもちろん戦争のことだから、どういふ張合でどんなことがあるかもわからない。そのときはおまへはね、おれとの約束はすつかり消えたんだから、外へ嫁つてくれ。」
……兄貴の烏も弟をかばふ暇がなく、恋人同志もたびたびひどくぶつつかり合ひます。
……（マヂエル様、どうか憎むことのできない敵を殺さないでいゝやうに早くこの世界がなりますやうに、そのためならば、わたくしのからだなどは、何べん引き裂かれてもかまひません。)

さらに、生前発表の断章『復活の前』に生々しい戦争観が書かれた。無差別、無意味の大量殺人を受容させられる場面である。

戦が始まる、こゝから三里の間は生物のかげを失くして進めとの命令がでた。私は剣で沼の中や便所にかくれて手を合せる老人や女をズブリズブリとさし殺し高く叫び泣きながらかけ足をする。

こうした引用から、賢治には人間を大切にすることはすなわち生命の尊厳という発想のあったことがわかる。生命尊重の意味で、殺すか、殺されるかはともかく、戦争そのものは許されない殺生にほかならないとみていたことがわかる。

3　人名・地名の由来

「ソンバーユー」という将軍の名

将軍の名が「尊馬油」という漢字表現に繋がる可能性から考えたい。

中国で古来、馬の油が利用されてきた。明代の李時珍(一五一八―九三)『本草綱目』、梁代の陶弘景(四五六―五三六)『名医別録』のいずれにも紹介されている。民間に、馬の油が傷によく効くと口承されてきた。馬の脂肪を精製して搾り出して凝縮したエキスで、量産されるわけでないので、貴重なもの、あるいは、高価なものとして珍重してきた。日本で「尊馬油《そんばーゆ》」という名の肌荒れ防止クリームの製造販売元(福岡県筑紫野市・薬師堂)を営む直江昶《なおえとおる》氏に、電話で問い合わせたときのご教示によると、日本にその作り方が伝わっていて、江戸時代、刀傷にもっとも有効な塗り薬であったため、武士には必需品であったと言う。「万能の〝がまの油〟というのがありますが、本当は馬の油の異称でしょう。殺生の習慣になじまない日本人なので別の生き物に言い換えたと思います」という持論も付け加えられた。

岩手の南部地域は藩政時代から名馬の産地である。馬は大事に扱われ、殺生の対象にされていない。が、馬が死ぬと馬の油が取り出され、有効利用されたという。

賢治は、岩手という土地柄から、馬の油を知っていても当然であろう。「バーユー」の言い方が「馬の油」に親しむなかから生まれたのではないか。この見方は自然であろう。命を大切にし、馬に畏敬の念を持った賢治は、北守将軍を愛馬と一体になった将軍として作品に描いたという見方に立つと、「ソン(尊)」を被せて「ソンバーユー」を将軍の名にした可能性が膨らむのである。

商品名「尊馬油」の漢字並びは、北守将軍「ソンバーユー」の当て字である。直江氏は、馬の油の製法を企業化し一九八八年、特許を取った際、将軍名にあやかろうと、賢治流のユーモアで命名したと言う。大別して肌用、頭髪用、それに石鹼用の三種の製造をしている、と話された。賢治の「ソンバーユー」が回りまわって、商品名になったのである。『新宮澤賢治語彙辞典』にも「馬油(ばゆ)」「ソンバーユー」の項目があり、中国原産の塗り薬と説明されているが、出典や、日本に伝わってからの経緯について、また市販の「尊馬油」については触れられていない。

さて、「ソンバーユー」という将軍名を漢字「尊馬油」で書き表せるなら、その発想の由来が研究対象になる。その可能性の一つがやはり『唐詩選』に見つかる。

将軍の愛馬が、砂漠で疲れたときのことである。

馬がつかれてたびたびペタンと座り
涙をためてはじつと遠くの砂を見た。
その度ごとにおれは鎧のかくしから
塩をすこうし取り出して
馬に嘗めさせては元気をつけた。
その馬も今では三十五歳
五里かけるにも四時間かゝる

将軍が愛馬を人間同様に扱っているようすがありありと目に浮かぶ。これは賢治の、動物、自然、そして生命への優しさを、将軍が代行しているものだが、この愛馬と将軍の付き合いは、つぎの杜甫の詩が参考になっている可能性がある。一つ目は「韋諷録事宅観曹將軍畫馬圖引」(『唐詩選』)である。四川省成都に杜甫がいたころの作である。曹将軍とは三国時代の魏の曹操の子孫で、馬が好きで、描かせては第一人者とされていた。その絵を杜甫が鑑賞したとき詠ったのである。その一部を引用する。

国初以來画鞍馬　　国初以來鞍馬ヲ画ク
神妙独数江都王　　神妙独数フ江都王

……　　　　　　　　……
今之新図有二馬　　　　今之新図二馬有リ
復令識者久嘆嗟　　　　復識者ヲシテ久シク歎嗟セシム
……　　　　　　　　……
借問苦心愛者誰　　　　借問ス苦心愛スル者ハ誰ゾ
後有韋諷前支遁　　　　後ニ韋諷有リ前ニ支遁

唐朝のこの時代、馬の絵を画いて神業と称えられる江都王がおり、そして曹将軍も名声を得てからもう三〇年になる。目の前に馬二頭の感歎せしむ絵があるこのような馬を愛おしんでいるのは、今この絵を所蔵している韋諷《いふう》と、過去では名僧の支遁《しとん》である、と言うのが引用した部分の大意である。さらに、もうひとつの、これも一部を引用する杜甫の詩も、曹将軍に関係している。将軍が画いた馬の絵について贈った詩である。「丹青引贈曹将軍霸」(『唐詩選』)。

先帝天馬玉花驄　　　　先帝ノ天馬玉花驄
画工如山貌不同　　　　画工山ノ如ク貌スレドモ同ジカラズ
……　　　　　　　　……
斯須九重真龍出　　　　斯須ニ九重真龍出ヅ

一洗万古凡馬空　　洗シテ万古ノ凡馬ヲ一空シ

……　　……

将軍善画蓋有神　　将軍善画蓋シ神有リ

必逢佳士亦写真　　必ズ佳士ニ逢ハバ亦真ヲ写サン

端的にいえば、杜甫は曹将軍の画才を誉めている。先帝の名馬・玉花驄《ぎょくかそう》をたくさんの画家が腕を振るって描いたが名馬を描ききれない。曹将軍が画けばその精神が乗り移り、馬だけでなく、よき人を画いても同じようにその真実の姿を写しだすのだ、という。このように、馬を画かせれば天下一の曹将軍を最高に称えた杜甫の詩が、馬に興味のあった賢治の目に止まったのであろう。

この「曹」将軍の名は「覇」であり、「曹覇」将軍になる。日本語読みすれば「そう・は」という音である。北守将軍が砂漠から帰還したその都は「ラユー」である。「そう」に「う」に替えて撥音の「ん」をつけ、「は」を濁らせ、「らゆー」の「ら」を抜けば「そんばーゆー」になる。組み合わせの変化を数式風に表わせば、

「そう」＋「は」＋「らゆー」⇒「ソン」＋「バー」＋「ユー」⇒「ソンバーユー」

賢治はこういう形の音韻変化を楽しみながら、「曹覇」を移植した可能性もないとは言えない。似たような、賢治流の名づけ法は、次の節で引き続き、紹介しよう。

「ラユー」という町の名

いま都の名前「ラユー」に触れた。作品の舞台は中国であるから、地名は中国の具体的な都をヒントにした可能性があろう。たとえば、西域は賢治にとってはるかな未踏の地であるにもかかわらず、亀茲、庫車あるいはクチャール、沙車(賢治は「沙車」と表記したが、「莎車」が正しい)、あるいはヤルカンドなどの心象を描いた(第一部を参照)。心象による見聞は、西蔵、台湾についてもある。ちなみに上海や北京、さらには東北部の川の描写も見つけられる。

……こっちは琿河か遼河の岸で　白菜《ペツアイ》をつくる百姓だ……

(口語詩稿「何かおれに云ってゐる」)

また、近年の開放政策で自由に日本人観光客も行くことができる長江の三峡にも、賢治は早く目を向けていたようである。

君は行く太行のみち三峡の、険にも似たる旅路を指して

(原稿断片)

「三峡」とは一般的に四川省から湖北省にかけての長江の渓谷をいう。ふつうには瞿塘峡・

巫峡・西陵峡の三つ。この下流に総貯水量三三九一億立方メートルの世界最大級の「三峡ダム」が一九九四年一二月に着工され、二〇一〇年ころ完成の見込みである。水位は平均一五〇メートルも上昇するため、古来多くの文人に詠われてきた景勝地の、たとえば白帝城も水没する。三峡とはもうひとつ、『新宮澤賢治語彙辞典』にあるように、中国西高原と華北平原の境の太行山脈の主峰太行山の山道を指すと言う説もあるが、「太行」は宋代の欧陽建(一〇〇七―七二)が「大行ノ険ヲ渉ラズ」と詠んだごとく、はなはだ険しい(『新宮澤賢治語彙辞典』「太行のみち」)ものであったから、賢治の詠んだ三峡は一般的な長江説をとりたい。そして、ここで触れておかねばならないのは、どちらの説にしても、長江三峡も太行のみちも、漢詩に詠われていることである。

李白の「早発白帝城」はまさに長江三峡が舞台である。同時に、賢治は白居易の「太行路」も参考にしたと想像してもおかしくはない。前者は『唐詩選』にあり、後者はやはり賢治蔵書にある『和漢名詩鈔』に載っている。こうしたことから、賢治は漢詩を読みながら、中国の広大な大地の点や面を心象に刻んでいた可能性が見えてくる。この延長線上に、ラユーという都のヒントを漢詩から得たのではないか。

杜審言の「送崔融」詩を見てみよう。北方の契丹征伐に向かう崔融を盛大に壮行するときに詠ったものである。その前半部を抜き出す。

君王行出将　　君王行出デテ将タリ
書記遠従征　　書記遠ク征ニ従フ
祖帳連河闕　　祖帳河闕ニ連リ
軍麾動洛城　　軍麾洛城ヲ動カス

この「洛城《らくじょう》」とは言うまでもなく洛陽のことである。軍旗が洛陽市中狭しとはためき、雄雄しい景観が浮き上がる。北守将軍が凱旋して帰った様子を連想させる。洛陽は「都」の異称でもあり、日本でも古都の京都について「洛中」「洛外」「上洛」といった言い方が歴史的に使われてきた。この洛陽を詠う詩が『唐詩選』に、実に多い。一部を題のみ列挙する。

孫　逖……「和左司張員外自洛使入京。中路先赴長安。逢立春日。贈韋侍御及諸公」
孫　逖……「同洛陽李少府観永樂公主入蕃」
孟浩然……「洛陽訪袁拾遺不逢」
儲光羲……「洛陽道」
李　白……「春夜洛城聞笛」

先に一部を引用した劉廷芝「代悲白頭翁」の舞台も、洛陽である。洛陽が三回も登場する。

洛陽城東桃李花　　洛陽城東桃李ノ花

飛來飛去落誰家
洛陽女兒惜顏色
行逢落花長嘆息
……
古人無復洛城東
今人還對落花風

飛ビ來リ飛ビ去ッテ誰ガ家ニカ落ツ
洛陽女兒顏色ヲ惜ム
行落花ニ逢ウテ長ク嘆息ス
……
古人復タ洛城ノ東ニナシ
今人還テ對ス落花ノ風

この詩の主人公は「憐ムベシ半死ノ白頭翁」であることにも注意したい。おそらく北守将軍は同詩の「白頭翁」のイメージを借りるとともに、詩の舞台の「洛陽」も「ラユー」に意識的に替えたと考えられるのである。多くの「洛陽」に絡む詩に触れるうちに、洛陽のイメージを変更させて「ラユー」に集約する道筋は自然な作業であったと思われる。

以上述べた「ラユー」「洛陽」の関係にもう一点付け加えれば、「洛陽」は日本語読みで「らくよう」であるが、中国語で発音すれば「luo yang」である。「ラユー」に近い聞こえ方をする。日本語読みをローマ字で書いてみる。「La ku you」である。このなかの「ku」を抜いて発音すれば「La you」で、「ラヨウ」であるが、もっと「ラユー」に近くなる。言葉について敏感な賢治のリズム感が反映され、故意に「ku」を脱落させて、調子のいい「Layu」にしたのではないか。音感を楽しみながら作品に使う地名を造語したというのは、賢治に沿った見方であるように思われる。

三人兄弟の名前

賢治の文語詩に「来々軒」という作品がある。

浙江の林光文は、かゞやかに
そが弟子の足をゆびさし、凜としてみじろぎもせず。
……
警察のスレートも暮れ、売り出しの旗もわびしき。
……
むくつけき犬の入り来て、ふつふつと釜はたぎれど、
額青き林光文は、そばだちてまじろぎもせず。……

ここに「浙江の林光文」という名が登場している。兄弟であったらしいことがほかの詩から推量できる。「〔湯本の方の人たちも〕」で林光左、「〔馬行き人行き自転車行きて〕」では林光原がでてくるからである。兄弟は自転車にひらりと乗り、出前に励んだことが詩に表れている。名前に「光」が共通するのは、日本で兄弟に同じ字が入ることがよくあるように、中国でもよ

く兄弟の証になる。

題になった「来々軒」はどこにあったか。『新宮澤賢治語彙辞典』には「支那料理店と思われる。その名で実在したか未詳(盛岡市内にあった記憶があると言うひともいるが)」とある。

この『新宮澤賢治語彙辞典』は一九九九年七月に刊行された。刊行まもなく岩手県紙の岩手日報(八月一四日付)に、盛岡の詩人・内川吉男氏が「賢治のラーメン屋さん」を見つけたという記事が載った。宮沢賢治学会理事をしていた一九九七年(平成七年)に、『新宮澤賢治語彙辞典』編纂者の原子朗氏から店捜しの依頼を受けて、二年越しの成果という。「来々軒」は賢治の当時、盛岡市葺手町《ふきでちよう》(現・神明町)の商店街にあった。判明の緒《いとぐち》は『もりおか物語(8)—肴町かいわい』であったという。この本に地元の往時の賑わいを語った座談会の記事の中に、「大安の隣には来々軒という支那そば屋……があったンですが、その〝来々軒〟という名前は、わたしが東京にでた時に……はやる支那そば屋が浅草にあって、その名前をつけたンです……」という古老の平井十郎氏の談話が載っていた。「来々軒」の土地は平井さん(三明院という寺)が貸したうえで、店名も名づけたのであった。当時の商店街の復元見取り図も掲載されて、その後はカフェになって、今は空き地と言う。

このことはまた、岩手放送テレビ局のプロデューサー村上憲男氏にうかがって確認もできた。一九一七年(大正六年)生まれのご母堂が、「来々軒」の店は商売替えしてカフェーになったことを記憶されていた。

賢治は中学、そして、高等農林学校の九年間を盛岡で過ごした。「来々軒」の開店は一九一六年(大正五年)ごろで、賢治が農林学校に進学してまもなくである。好奇心旺盛な賢治にとって外国人も対象になったであろう。身近な中国人が「来々軒」の林三人兄弟であったかもしれない。しかし、林家三兄弟の行方は盛岡、花巻の関係しそうなところを調べたが、確かな情報は得られなかった。

ただし、賢治の足跡には、中国人との交流があったらしい残像が浮かび上がる。これを推量させる一例が、上京して「独逸語の講習会」に参加した折の歌である。

独乙語の講習会に四日来て又見えざりし支那の学生

(推定大正五年八月一七日・保阪嘉内宛書簡)

この学生にでも時折、中国語を教わっていたのであろうか。中国式の発音を仮名付けした作品がある。

……こっちは琿河か遼河の岸で　白菜(ペツアイ)をつくる百姓だ……

(口語詩稿「何かおれに云ってゐる」)

白菜は中国語で「バイツァイ」、中国語アルファベットでは「bai cai」と書く。賢治はその読み方を日本語で仮名付けして「ペツアイ」としたが、中国標準語の「普通話」の発音として不自然ではない。なにより、賢治が、各種年譜によれば英語でメモを記したりしていた。上京した折、エスペラントとドイツ語を習得したことはよく知られているが、中国語にも敏感であったろう。中国音の仮名付けの背景にはこうした諸外国語への興味があったとみられる。

以上のようなことから想像されるのだが、来々軒の林兄弟とは、独逸語の講習会で出会った中国人の印象を、賢治は大切にしたことから生まれた人物であろう。「林」は「リン」である。中国語の発音「lin」と同じである。『北守将軍と三人兄弟の医者』では、この「リン」を三人兄弟の苗字にし、さらに、あいうえお順の発音で名前を続けていけば、「パ」「プ」「ポ」の順で、「リンパー」「リンプー」「リンポー」の三兄弟名が並ぶ。林兄弟の存在が『北守将軍と三人兄弟の医者』の兄弟の名前にこのように影響を与えたかどうかはともかく、賢治は自分の住む身近な世界を大切にしてよく作品化していたことは確かである。岩手県を「イーハトーブ」といったのも、身近な世界に精緻な愛を注ぎつづけた結果の広がりであるように、「来々軒」という小さな店が賢治の中で広がって、仲のいい三人兄弟の医者の誕生に結びつける想像は、根拠のまったくないこじつけとはならないであろう。

4　北守将軍の戦歴調査から

凱旋の実相

凱旋将軍として登場した北守将軍は自らつぎのように歌う。

北守将軍ソンバーユーは
いま塞外の砂漠から
やつとのことで戻つてきた。
勇ましい凱旋だと云ひたいが
実はすつかり参つて来たのだ

北守将軍の帰還は、敵が脚気で残らず死んで実現したことになっている。作品は、この真相を明らかにしながら、将軍には、迎えた市民に向かって歌わせる。

それからおれはもう七十だ。
とても帰れまいと思つてゐたが
ありがたや敵が残らず脚気で死んだ
今年の夏はへんに湿気が多かつたでな。
それに脚気の原因が
あんまりこつちを追ひかけて
砂を走つたためなんだ
そうしてみればどうだやつぱり凱旋だらう。

敵軍の敗因は脚気が基になったと歌われる。実は賢治も脚気に悩まされた。一九二一年(大正一〇年)、脚気を患う賢治のもとに関徳弥から薬が届いた。徳弥は賢治の父・政次郎の従弟、賢治からみれば「叔父」であったが、賢治の方が三歳年上だったこともあって、徳弥は賢治を兄のように敬慕していたという。賢治は徳弥に礼状を書いている。「又脚気のお薬を沢山お送り下さいまして重々のお思召厚くお礼申し上げます。……先日来股引をはいたり蕎麦掻きや麦飯だけを採ったり冬瓜の汁(みんな脚気向きの飯屋にあります)を食ったりして……」。また、作品『革トランク』では「平太は夏は脚気にかゝり」と主人公に自己の苦しい病状をなぞらえている。この個人的な脚気に対する思いから、脚気を厄介な病気ととらえて、『北守将軍と三人兄弟の医者』に拡大して使用したようである。しかし、もっと深い理由があったと思われる。

中国で脚気が記録に登場する先駆は、『医書大全』(明代一五世紀刊)によれば、南北朝時代の宋・斉のころ(五世紀)にさかのぼるという。そのころの『素問』には「厥」名で書かれた病気が今日の脚気とされる。脚気はビタミンB_1の欠乏で足の感覚が麻痺したり脛にむくみの症状がでる。いまでは恐ろしい病気ではないが、原因のわからなかった近代までは死にいたることも少なくなかった。とくに粗食や白米の常食がふつうだったときは流行した。日露戦争で、日本の陸軍は白米を常食にし、多くの兵士が脚気で苦しみ死亡したが、海軍の方は麦入りを食べていたため、ほとんど脚気患者がでなかったことはよく知られている。

日露戦争は賢治八歳のとき、一九〇四年(明治三七年)二月に始まる。まだ幼かったが、一年半ほど続いたこの戦争に関する絵などを熱心に集めたという。脚気による多数の陸軍兵の死は、賢治に後々まで痛烈な印象を残したか、あるいは、後々にその知識を得たか、どちらにしても戦争の悲劇として賢治は脳裏に刻み込んでいたという見方が許されよう。この見方に立てば、北守将軍の敵が脚気で全滅という思いつきの背景を納得させてくれるようである。

賢治にとって日露戦争が関心事であったと窺わせる作品を挙げることができる。一九〇五年(明治三八年)一月にあった陸戦の黒溝台の激戦について題も「黒溝台」で書いている。そのなかで、潰走する部隊兵に「こんな馬鹿げた戦闘があるか」と繰り返させている。

「こんな馬鹿げた戦闘があるか。
こんな馬鹿げた戦闘があるか。」
……
「もう大丈夫だ。わが軍の勝利だ。万歳、第A旅団が敵を背后から包囲したぞ。」
「馬鹿云ふな、しっかりしろ。第A旅団は旅順と南山で全滅してるんでないか。」

（構想・梗概メモ「黒溝台」）

日付や作品番号のない口語詩稿の「霰」という詩でも、最終的には書き直されて削除されてしまうのであるが、次のような黒溝台の戦死者を悼む詩句がみられる。

霰を避けて
葉桜の下
黒い石碑の前に遁げこむ
黒溝台の戦死者を
いろいろな燐光が出没するけれども……

黒溝台とは日露戦争で日本軍が苦戦したところである。死傷者が九千人にのぼったとされ、賢治には衝撃的であったに違いなかろう。これを悼む気持ちが数字「九」に託され、『北守将軍と三人兄弟の医者』では生還した兵隊の数を「九」万人にした背景として見ることも可能ではないだろうか。数字ひとつをとっても、賢治の慈悲心が刷り込まれているように思われるのである。

将軍の凱旋から連想させる詩が『唐詩選』にもある。まず蘇頲の「同餞陽将軍兼原州都督御史中丞」を挙げる。

右地接亀沙　　右地亀沙ニ接ス
中朝任虎牙　　中朝虎牙ニ任ス
……　　……
将礼登壇盛　　将礼壇ニ登ッテ盛ニ
軍容出塞華　　軍容塞ヲ出デテ華カナリ
朔風搖漢鼓　　朔風漢鼓ヲ揺ガシ
辺月思胡笳　　辺月胡笳ヲ思フ
旗合無邀正　　旗合シテ正ヲ邀ル無ク
冠危有触邪　　冠危ウシテ邪ニ触ルルコト有リ
当看労旋日　　当ニ看ルベシ労旋ノ日

及此御溝花　　　　此御溝ノ花ニ及バン

陽将軍の任命式は盛大に行われ、その軍が辺境に進めば迎えうつ敵も戦いを避けて逃げ、そのうち、揚々と凱旋して戻ってくるだろうと詠う。威風堂々とした壮行の詩のようであるが、華々しい戦果を願った詩でないことに注目したい。言い換えれば、この詩の深層に厭戦の気分がこめられていることを見逃せないのである。

これは、岑參が「封太夫破播仙凱歌二首」(『唐詩選』)で、凱旋について考えさせるのと似ている。その第二首で、西方異民族の狄兵は自ら縛って降参したようすを「千群面縛シテ城ヲ出ズ」と表現した。戦うことなく帰還できれば尊い人命を失わないですむ。戦いを避けられるなら至福である。戦えば、不幸に包まれる。『北守将軍と三人兄弟の医者』でも、将軍の凱旋場面にはこのような厭戦気分と非暴力への期待が昇華されているように思われる。

賢治は、『北守将軍と三人兄弟の医者』で兵隊のほこが「まっ青に錆びた」と書いた。戦いに明け暮れていれば錆びるはずがない。ほのぼのとさせる表現でもって、平和でありたい「心象の記号」を刻んだ。同じ趣旨の記号が『烏の北斗七星』にも託されている。不戦を、烏の大尉は何遍も祈った。

どうか憎むことのできない敵を殺さないでいゝやうに早くこの世界がなりますやうに、そのためならばわたくしのからだなどは、何べん引き裂かれてもかまひません。

この言葉に、賢治の戦争観が凝集されていよう。

「大将たちの大将」を辞退する理由

凱旋した北守将軍は王から歓迎された。

町の広場についたとき、向ふのお宮の方角から、黄いろな旗がひらひらして、誰かこっちへやってくる。これはたしかに知らせが行って、王から迎ひが来たのである。

王はその戦勲に報いんと、つぎのように将軍にいった。

「じつに永らくご苦労だった。これからはもうこゝに居て、大将の大将として、なほ忠勤をはげんでくれ」

凱旋将軍に精いっぱいの王のこういう言葉は歴史の数々の場面で実際繰り返されて、記録され、あるいは語りつがれてきた。たとえば、岑参《しんじん》の詩が目にとまる。「封太夫破播仙凱歌二首」

（『唐詩選』）で、その一部を引用する。

漢将承恩西破戎
捷書先奏未央宮
天子預開麟閣待
秖今誰数弐師功

漢将恩ヲ承ケテ西戎ヲ破ル
捷書先ヅ奏ス未央宮
天子預メ麟閣ヲ開イテ待ツ
秖今誰カ数ヘン弐師ノ功

岑參は封大夫の配下にいたことがある。大夫とは節度使のことである。封常清が本名である。いまの新疆で異民族を撃破して凱旋したとき、岑參は称え詠った。勝利の報が先ず帝のいる未央宮にもたらされ、帝は封常清の凱旋を待ちうけた。「麟閣」は漢代、宣帝（在位前七四～四九）が建てた麒麟閣で、その壁には歴世尽した功臣の肖像が掲げられた。その麒麟閣を開けて帝が出迎えたことから、封将軍の軍功をよほど喜んだことがわかる。その偉大さは、漢代の弐師将軍と称された李広利も及ばないという意味である。この詩による情景はまぎらわしいほど、北守将軍の凱旋と似ている。

ところが、北守将軍は「大将たちの大将」の栄誉ある称号を断り、昇進を辞退した。

「……いま王様のお前に出て、おほめの詞をいたゞきますと、俄かに眼さへ見えぬやう。

背骨も曲つてしまひます。何卒これでお暇を願ひ、郷里に帰りたうございます。」

この辞退は杜甫の詩を連想させる。親しい友に孔巣父《こうそうほ》がいた。李白らと山東省・徂徠山に隠棲して「竹渓の六逸」と呼ばれた。お互いまだ若かったころ、孔は健康を害して官職を断って江東(長江下流地方)に戻ろうとするとき杜甫が作った詩であるが、そのうちの一部を引用する。

……
自是君身有仙骨
世人那得知其故
惜君只欲苦死留
富貴何如草頭露

……
自是君ガ身仙骨有リ
世人那ゾ其故ヲ知ルコトヲ得ン
君ヲ惜ンデ只苦死シテ留メント欲ス
富貴何ゾ如カン草頭ノ露

(『唐詩選』「送孔巣父謝病帰遊江東兼呈李白」)

杜甫は去ろうとする友をとどめようとしても無理ということを知っている。孔巣父の体には仙骨が備わって、俗人にはとてもその理由なんてわからないという。これは、政治への倦怠であり世俗への疑問がこめられた詩である。富や名声は草露よりもはかないといいきる。

北守将軍は王様に説得させるすきを与えず、わが思いをひと思いに語り去った。戦いはもうこりごり、富や名声といった世俗の欲はもういらない、しずかに自分のみつめる暮らしで充分と考えるようになっていたのであろう。王様には、自分と兵隊の戦争の傷を癒した医者の三人兄弟を大将に推薦した。国の病の治療を期待したからであろう。このように書かせたのは、おそらく賢治の育った時代と無縁ではなかろう。

明治維新後、日本は富国強兵の国策を突っ走り、戦争を繰り返していくが、維新から二七年、一八九四年に日清戦争、一九〇〇年に起きた義和団事件に日本は出兵、四年後には日露戦争、一九一〇年(明治四三年)に日韓併合、さらに第一次世界大戦が一九一四年(大正三年)に勃発すると参戦する。平和と真反対の戦争が明治・大正時代、賢治の成長・活動期に相次いだ。大正から昭和の初めにかけた賢治の晩年は、軍部が台頭しファシズムが勢いを得て、侵略を推し進めた。一九一九年に朝鮮万歳事件が起り、同じころ中国では上海などで排日運動が盛んになる。昭和に入っていっそう排日運動が際立ち、日貨排斥運動に対し、日本は一九二七年(昭和二年)強引に山東出兵をする。翌年に第二次山東出兵とされる済南事件と張作霖爆死事件、一九三一年には五・一五事件に続き柳条溝事件(満州事変)が起き、軍部の暴走に歯止めがかからなくなる。翌年には「満州国」建国、さらに賢治の亡くなる一九三三年には国際連盟脱退があり、日本は戦争の道を一気に駆け上っていく。

こうした戦争の波濤をかぶったのが晩年の賢治であった。軍部の台頭する重苦しい時代の空気を感じ取っていたことであろう。晩年の作品『北守将軍と三人兄弟の医者』は、反戦・非戦の表現が難しくなりだした時代の空気の中で書かれた。賢治は戦争観を肉付けしつつも、正直な表現を避けるしかなかったこともあって、寓意性を強くし、暗喩の手法で非戦の主張を表現しようと努力したという見方は、大きくは、ずれていまい。砂漠の長い戦に嫌気がさして、辞職の選択をした将軍の行動と戦争を避けたい賢治の平和祈願とが重なって見えるのである。

「ス山」は何処か

「大将たちの大将」という尊称の褒賞を辞退した北守将軍は、「じぶんの生まれた村のス山の麓へ帰って行って」ゆうゆうと晴耕雨読の生活を送る。やがて「そのうちいつか将軍は、どこにも形が見えなくなった。そこでみんなは将軍さまは、もう仙人になった」と言ううわさが広がる。

いったい将軍はどうなったのか。

この謎解きは次節に譲って、さきに「仙人になっ」たとされる場所の「ス山」を探索したい。『新宮澤賢治語彙辞典』によると、「ス山」は「達磨大師が九年間も壁に向かって坐禅を組んだ」山といわれる「嵩山」をもじったのであろう、としている。

賢治は達磨について作品にしているので引用しよう。

……梁の武帝達磨に問ふ　磨の曰く無功徳　帝の曰く

朕に対する者は誰ぞ　磨の曰く無功徳　いかん
朕に対する者は誰ぞ　磨の曰く不識！　あゝ乱れた
（短篇梗概等『疑獄元兇』）

達磨が嵩山を選んだ理由がある。中国には古来、信仰上の五つの霊山がある。「五岳」あるいは「五嶽」と言う。戦国時代、五行思想から選ばれたとされ、東の方位の「泰山」（山東省）、西の「華山」（陝西省）、南の「衡山」（湖南省）、北の「恒山」（清代から山西省の「玄武峰」、その以前は河北省にある山）と、これら四山に囲まれた中央に位置するのが、「嵩山」である。河南省北西寄りにあり、北守将軍が凱旋した都ラユーの舞台と推測した古都・洛陽からは東へ約七〇キロにあり、海抜は一四四〇メートルである。「中岳」また「嵩高山」「太白山」という異名をもつ。中国という広い国土の中でもほぼ真ん中にある。仏教の説く世界で須弥山が中心にそびえたつと言うが、中国の国土でみれば古来、嵩山がそうであった。昇仙の道天に通じて、天にもっとも近い山とされてきた。この聖なる山は、西安（長安）の南にある終南山とともに隠者の集うところでもある。かつて玄奘が、太宗の了解を得られなかったが、訳経の地として希望したのもこの嵩山である。賢治が北守将軍の仙人になった山を「嵩山」に特定した背景が以上のように推し量れる。この神聖な嵩山で、

……ス山の山のいたゞきへ小さなお堂をこしらえて、あの白馬は神馬に祭り、あかしや粟

をさゝげたり、麻ののぼりをたてたりした。

この「小さなお堂をこしらえて」の表現は、『列仙伝』の仙人名簿に入り、嵩山に祠にして祭られ王子喬を連想させる。昔、仙人の王子喬は嵩山で登仙したという言い伝えがあるが、この話のほかに、以上の嵩山に関する記述なども知っていたのではないか、とも思わせる。また、『唐詩選』にも精通していたから、劉長卿の「平蕃曲」によって、山に祠のヒントを得たという想像も成り立つ。三首連作のその「二」は辺境の胡人を撃ち破った後漢の将軍竇憲《とうけん》を称えた。

絶漠大軍還
平沙独戍閒
空留一片石
万古在燕山

絶漠大軍還ル
平沙独戍閒ナリ
空シク一片ノ石ヲ留メテ
万古燕山ニ在リ

辺境の戦いに勝利した漢の大軍が砂漠を越えて帰り凱旋したが、いまは、砂漠に残された砦も静かなものである。燕山山頂にその功績を伝える石碑があるのみである、と言う意味である。短い詩であるが、じつに、『北守将軍と三人兄弟の医者』のモチーフと似ている。両方の共通点をまとめる。

(1)舞台は辺境の砂漠
(2)軍隊の凱旋を称える
(3)戦った相手は蕃族を想定している
(4)戦後、記念の「石碑」または「祠」が「山に空しく留む」

ここで蕃族とは匈奴の一部族の北単于を指しているが、賢治の作品中には具体的な族名はでていない。しかし、そのヒントはある。口調のいい作品中の軍歌である。

みそかの晩とついたちは
砂漠に黒い月が立つ。
西と南の風の夜は
月は冬でもまつ赤だよ。
雁が高みを飛ぶときは
敵が遠くへ遁げるのだ。
追はうと馬にまたがれば
にはかに雪がどしゃぶりだ。

この軍歌の下敷きになったとみられるのが、盧綸の「和張僕射塞下曲」(『唐詩選』)である。

月黒雁飛高　　月黒ウシテ雁飛ブコト高シ
単于遠遁逃　　単于遠ク遁逃ス。
欲将軽騎逐　　軽騎ヲ将ヰテ逐ハント欲ス
大雪満弓刀　　大雪弓刀ニ満ツ

これと、北守将軍の兵隊たちが歌う軍歌を比べてみよう。季節は冬の夜、黒い月のにぶい光のなかを雁が飛ぶ。敵軍が遠くへ逃げるのを追わんとしたら雪がひどくなった、と言う描写が共通している。「塞下曲」が翻訳されたかのような軍歌である。「塞下曲」には敵が「単于」を指しているから、賢治も気づいたはずである。『北守将軍と三人兄弟の医者』の中の敵軍をずばり匈奴と書き表さなくても、賢治が匈奴を念頭に置いていたらしいとみる想定は的外れではなかろう。

北守将軍は仙人になったか

「みんなは将軍さまは、もう仙人になったと云っ」たが、三人兄弟の医者のひとり、リンパー先生は信じない。

けれどもこのとき国手になつた例のリンパー先生は、会う人ごとに斯《こ》ういつた。

「どうして、バーユー将軍が、雲だけ食つた筈はない。おれはバーユー将軍の、からだをよくみて知つてゐる。肺と胃の腑は同じでない。きつとどこかの林の中に、お骨があるにちがひない。」なるほどさうかもしれないと思つた人もたくさんあつた。

仙人とは、『広辞苑』によると「道家の理想的人物。人間界を離れて山中に住み、穀食を避けて、不老不死の法を修め、神変自在の法術を有するという人」とある。中国にはこうした仙人の研究書が古来競って編まれてきた。代表的なものを時代順にならべると、

前漢末	劉向	列仙伝(七三人)
晋	葛洪	神仙伝(九二人)
秦	阮倉	列仙伝
晋	干宝	捜神記
五代南唐	沈汾	続仙記
五代後蜀	杜光庭	仙伝拾遺、墉城集仙録
元	趙道一	歴世真仙体道通鑑
明	汪雲鵬	列仙全伝

賢治は以上の仙人書のうち、おそらく初めのほうの前漢と秦の『列仙伝』や『神仙伝』『捜

神記』については読んだであろう。作品『蛙の消滅』に、賢治の仙人観の一端が次のように出ている。

「……うすい金色だね。永遠の生命をおもわせるね。」

「実に僕たちの理想だね。」

また、仙人の生活については、『虔十公園林』のなかで次のように示される。

……下草はみじかくて綺麗でまるで仙人たちが碁でもうつ処のやうに見えました。……

実際、『神仙伝』で衛叔卿なる人物が碁を打つ仙人を見ている。その古典には碁と仙人たちのようすを描いた挿絵が載っている。『虔十公園林』の情景は、賢治がこのシーンを見て参考にしたと推量したくなるのである。

ところで、北守将軍は山中にこもって仙人になろうとしていたのだろうか。

バーユー将軍は……粟をすこうし播いたりした……そのうち将軍は、だんだんものを食はなくなつてせつかくじぶんで播いたりした、粟も一口たべただけ、水をがぶがぶ呑んでゐた……

将軍は、山中に住む、穀食を避ける、この二つは、前述の仙人になる条件を満たしたようである。もうひとつの、神変自在の術を有する、と言う特徴も仙人像には欠かせないが、作品では触れられていない。『北守将軍と三人兄弟の医者』の結末は、仙人になったか、ならなかったか、どちらとも受け取れる終り方をしている。

作品の最後の一行は、リンパー先生の「きつとどこかにお骨があるにちがひない」という言葉を受けて、「なるほどさうかもしれないと思つた人もたくさんあつた」と締めくくっている。北守将軍の死んだ骨が見つかるとすれば、隠れた嵩山またはその周辺と見てよかろう。北守将軍が回帰した都を洛陽という設定に無理がなければ、洛陽の北には邙山《ぼうざん》があり、古来、上流の墓地として位の高い人や功労者たちが葬られてきた。これを詠う詩が『唐詩選』と『和漢名詩鈔』の両方に出ている。沈佺期の「邙山」である。

北邙山上列墳塋　　北邙山上墳塋列リ
万古千秋対洛城　　万古千秋洛城ニ対ス
城中日夕歌鐘起　　城中日夕歌鐘起ル
山上唯聞松柏声　　山上惟聞ク松柏ノ声

無常観を詠っているが、高位の人も将軍も亡くなれば「松柏の声」を聞くだけである。戦死者の虚しさと都・洛陽市民の現世での享楽とを「無神経に」対比している。『北守将軍と三人兄弟の医者』は、将軍が行方不明者に仕立てられ、「骨」に触れたところで終えたが、仮に北守将軍の骨があれば、きっと邙山に埋葬されるであろう。

『北守将軍と三人兄弟の医者』は賢治が推敲を重ねたにもかかわらず、栄光と名誉を捨てて山に隠れた北守将軍がどうなったか、ぼかしたままで終わらせている。戦争観を書きにくくなりつつある時代を考えると、反戦・厭戦を体現した北守将軍の終焉はぼかさざるをえなかったのであろう。死の美化を巧みに避けながら、戦争・平和への賢治なりの訴えを、読者はかぎとるしかなさそうである。

5　白馬の原形

杜甫の詩に描かれた馬

盛唐の詩壇を担った杜甫には馬に関する詩も多い。そのうち、馬の名画に接して詠んだ詩「韋諷録事宅観曹将軍畫馬圖引」と「丹青引曹将軍覇に贈る」については、第三節「人名と地名の由来」で「ソンバーユー」という名の由来を考えたとき、すでに触れたが、この二つの詩とも『唐詩選』にあり、曹将軍の画才を称えて絵馬の精彩を賛美した。「韋諷録事宅観曹将軍画馬図引」の詩のうち駿馬を詠じた部分を紹介しよう。

此皆騎戦一敵万　　此レ皆騎戦一万ニ敵ス
縞素漠漠開風沙　　縞素漠漠トシテ風沙ヲ開ク
其余七匹亦殊絶　　其余七匹亦殊絶
迥若寒空動煙雪　　迥トシテ寒空ノ煙雪ヲ動スガ若シ
霜蹄蹴踏長楸間　　霜蹄蹴踏ス長楸ノ間

馬官廝養森成列　　馬官廝養森トシテ列ヲ成ス

このように、はなやかな戦歴の馬を称える。また、「房兵曹胡馬」（『唐詩選』）も駿馬賛である。近衛軍に属した兵曹が所有する品種優れた胡馬をみての作である。

胡馬大宛名　　胡馬大宛ノ名
鋒稜瘦骨成　　鋒稜瘦骨成ル
竹批双耳峻　　竹批イデ双耳峻ク
風入四蹄軽　　風入ツテ四蹄軽シ
所向無空闊　　向フ所空闊無シ
真堪託死生　　真ニ死生ヲ託スルニ堪ヘタリ
驍騰有如此　　驍騰此ノ如クナル有リ
万里可横行　　万里横行ス可シ

大宛（古代中央アジアの国）の産だけあって引き締まった骨格、竹をそいだように耳はそばだち、この馬は天を駈けるごとく目的地にあっという間に着いてしまう。万里の彼方まで思うままに軍功を挙げられるだろうと称える。一方、『北守将軍と三人兄弟の医者』の北守将軍も愛馬を慈しみつつ称える。しかし、沙漠で三〇年転戦する間ずっと共にした愛馬も年をとってしまった。

馬がつかれてたびたびペタンと座り
涙をためてはじっと遠くの砂を見た。
……
その馬も今では三十五歳
五里かけるにも四時間かゝる
それからおれはもう七十だ。

「馬は歩くたんびに膝がぎちぎち音がして」すっかり疲労困憊していた。逆算すれば、白馬は五歳から将軍の足になって走りつづけてきたわけである。馬も戦いを倦んでいたようである。それでも、「この有名な白馬は……最後の力を出し、がたがたがたがた鳴りながら、風より早くかけ」ている。馬は将軍の分身であるように、お互い高度な信頼と黙契で結ばれている。異種生物間の愛情あるいは友情である。北守将軍がリンパー先生の診察室へ人馬もろとも入りこんだとき、愛馬は何かの花をかざされて飲み込んだとたん、「ぺたんと四つ脚を折り、今度はごうごういびきをかいて」寝こんでしまったが、その場の将軍は、

「おい、きみ、わしはとにかくに、馬だけどうかみてくれたまへ。こいつは北の国境で、三十年もはたらいたのだ。」

馬の異変に泣いてしまった将軍は馬を診てくれと必死になったようすが描かれる。自分の治療を受けている間もずっと馬を気にかける。「馬は大丈夫かね」と訊ねる。

将軍の治療がすんだとき「三十年ぶりにっこりした」。白馬も健康を取り戻した。「馬は五倍も速」く駈けられるようになった。これは、異種生物の友情がさらに深化した一瞬である。杜甫の「高都《こうと》護《ご》驄馬《そうば》行《こう》」(『唐詩選』)を連想させる。安西都護であった高仙之《こうせんし》の名馬を詠った一部分である。

此馬臨陣久無敵
与人一心成大功
功成恵養隨所致
飄飄遠自流沙至
雄姿未受伏櫪恩
猛気猶思戦場利

此馬陣ニ臨ンデ久シク敵無シ
人ト心ヲ一ニシテ大功ヲ成ス
功成リ恵養セラレテ致ス所ニ隨フ
飄飄トシテ遠ク流沙至ル自リ
雄姿未ダ伏櫪ノ恩ヲ受ケズ
猛気猶思フ戦場ノ利

今の新疆ウイグル自治区方面を治めて、武勇に長け、軍功華々しい高仙之は、愛馬をいたわって、その余生を安穏に送らせたいと都へ戻った。馬は雄雄しくまだまだ戦場で働く意気充分だと言う意である。杜甫の詩は歴史の故事に富み、史実を巧みに駆使して、高尚な比喩に満ちる。

そもそも、漢詩は誇張の文学である。日本語で「片言隻句」は、中国語は「千言万語」であり、日本語の「多謝」は中国語で「千謝万謝」である。もっとも特徴的な例は、李白の「白髪三千丈」の誇張表現である。佐藤保氏の調べによれば、李白の詩で「三千」を使う誇張は二三句を数えるという（前述の『中国の詩情　漢詩をよむ楽しみ』）。賢治は、李白・杜甫などの中国詩人の詩心を読み取りながらもそれらしい華麗な表現を抑え、日本的な淡々と物語る形式をとり、作品にあっさりと投影したようである。将軍と愛馬についての描写はその一例として挙げられよう。

玄奘の白馬

北守将軍の愛馬は「白馬」であった。白い色の馬はその希少さから、高貴な人や統率者の騎乗が相応しいとされることが多かった。賢治は、『春と修羅第三集』の詩「〔昨年四月来たときは〕」で、

杉の林のなかからは
房もまっ白な聖重挽馬

白い色を聖なる馬のオリジナルカラーと想定しているようである。この発想の源の一つに『西遊記』の白馬の影も映っているようである。玄奘の騎乗した白馬は「白龍馬」、あるいは「玉龍馬」と言う。この馬の前身は西海龍王敖閏の子であった。王子のとき、火事を起こし、龍宮の大切な宝物・珠を焼いてしまった。父の龍王は子を厳しく叱り、償いさせるため、天宮へ子の罪を届け出た。死罪に相当する大罪であったものの、一等減ぜられて、観音様の配慮で助けられ、白馬に化身されて玄奘を西天へ送る使命を負うことになった。求法の旅が無事終れば、罪が解かれ、もとの姿に返る約束が申し渡される(『西遊記』第一五回「蛇盤山に諸神暗に佑け鷹愁澗に意馬韁を収む」)。これは「龍」と「馬」のつながりを物語る代表格である。

この話の影響を受けたのか、賢治の作品に、龍を馬に置きかえた表現がいくつかみられる。たとえば、

廐肥《こえ》をはらひてその馬の、まなこは変る紅《べに》の竜、
けいけい碧きびいどろの、天をあがきてとらんとす。

(文語詩稿一百篇「悍馬〔二〕」)

……馬は黒光り、はねあがる。はねあがれば馬は竜だ。赤い眼をして私を見下す。

（『山地の稜』）

この例から、賢治が馬をみるとき、龍も念頭においていたことがわかる。たしかに、龍馬という駿馬もある。この龍馬の産地は『西遊記』の舞台の西域であり、賢治が思慕した鳩摩羅什の生地・亀茲である。『春秋左氏伝』は亀茲国について馬の産地であると触れている。

玄奘の白馬が龍に返って活躍する場面が、『西遊記』第三〇回「邪悪正法を犯し、意馬心猿を憶う」で展開される。玄奘が妖怪にまだらの虎に化けさせられてしまったとき、そばにはこの白馬しかいなかった。「繮をたらして主人を救う」ため、龍の姿に一時戻った。全能の龍の力で玄奘を救った。その時の白馬をイメージしながら「はねがあれば馬は竜だ」「天をあがきてとらんとす」と、賢治は書いたのであろう。

最後に、玄奘の白馬は仏典を乗せて印度から長安に戻り、責任を果たした。取経は白馬の使命であった。実際に、「ラユー」という都のモデルと考えることができる洛陽には、名高い寺院「白馬寺」がある。後漢の五八年から七五年にかけて、中国最古の寺として建立された。そこに収められた仏典は、白馬に載せられて将来されたと伝わる。寺の山門を入ってすぐ信仰を集める白馬の石像が立つ。この白馬像は玄奘の白馬と同じ使命を果たしてきた。このような白馬の霊気にあやかろうと、北守将軍の白馬も神獣の位置を与えられたと推測している。作品で白馬が祀られるようにしたのは、賢治のこうした思いやりと願いが込められたともいえよう。

岩手の馬

北守将軍は、リンパー先生の診察室に白馬に騎乗のまま乗り入れた際、その場にいた女の子が何かの花を馬に食べさせ眠らせてしまったとき、

「あ、馬のやつ、又参つたな。困つた。困つた。困つた。」と云つて、急いで鎧のかくしから、塩の袋をとりだして、馬に喰べさせやうとする。

馬の好物のひとつがニンジンであることは日本では常識と言う。しかし、疲れたときに塩をなめさすなど、はばひろい知識は日ごろから馬についての観察がなければ書けるものではない。この塩療法はほかの作品でも登場する。

たぶんは食塩をやるために
ラッパを吹いてあつめたところ……

(『春と修羅第二集補遺』「行きすぎる雲の影から」)

……ひるは真鍮のラッパを吹いて
あつまる馬に食塩をやり
いまは熔けかかったいちは〔つ〕の花をもって……

（口語詩稿「高原の空線もなだらかに暗く」）

賢治が馬について詳しいのは、岩手県の風土で育ったことが大きい理由であろう。広い岩手県は四国四県とほぼ同じ面積で、放牧に適した山野の多い牧場県である。太平洋戦争直前の最盛期、県内の馬は八万六三八三頭を数えた（岩手県編『岩手県史』九巻）。馬に接する機会が岩手県民には少なくなかったわけで、賢治は周りを馬に囲まれる環境であった。そのため、賢治は馬と馬に関することが幅広く描写できたのであろう。『新宮澤賢治語彙辞典』によれば、「賢治作品での馬の登場頻度は一九四。農耕馬、輓馬、重挽馬、乗馬、軍馬、種馬、幻想的な神馬、西蔵馬まで多種多様」である。

年譜などによると、賢治は馬好きを証明するかのように小岩井牧場を幾度も訪れている。岩手県種畜場へも足を運んでいる。一八七七年（明治九年）開設の牧場がもとになって明治三一年、家畜の研究施設として整備された。当時は盛岡から一日行程の外山にあったが、賢治は何回か行っている。これについては池上雄三氏に詳しい研究がある（『宮沢賢治　心象スケッチを読む』）。

また、柳田国男（一八七五―一九六二）の『遠野物語』（明治三四年＝一九〇一年）の「オシラサマ」

の聞き書きでも、馬が主役になっている。馬が娘と結婚の約束を交わして父親を乗せて戻ってくる話である。柳田にこうした民話を提供した民俗学者・佐々木喜善(一八八六―一九三三)は、幾度となく賢治を訪ねて話し合っている。交流のきっかけは一九二八年(昭和三年)であった。佐々木氏が賢治の文章の引用の可否について、賢治に手紙を出した。八月八日、賢治は快諾の返事をした。これを機にその後、佐々木氏が数回も賢治を訪ねたことが、佐々木氏の日記に記されている(内藤正敏「宮澤賢治と佐々木喜善―異界・エスペラント・宗教―」)。おそらく、交流の前からも、郷土に関わる『遠野物語』を読んでいたのであろう。なお、他地方の「オシラサマ」伝説では白馬の例がある。

さらに賢治は花巻農学校の教師時代から羅須地人協会の時代を通じて、農作業に欠かせない労働力として馬を意識し続けていたことも忘れてはならない。いずれにしても、馬との縁が濃い岩手の土地柄は触媒作用のように賢治を刺激して、馬の知識を吸収させたことであろう。

6　「蓬」と「雁」に秘めたもの

「蓬」の行き来

北守将軍は凱旋が待ちうける都に戻る砂漠の帰路、疲れきった大軍を率いながら、「大きな剣を空にあげ、声高々と」歌った。ひとまず、軍歌といっておこう。その長文の軍歌に「蓬《よもぎ》」が登場する。

砂がこごえて飛んできて
枯れたよもぎをひつこぬく。
抜けたよもぎは次次と
都の方へ飛んで行く。

情景がたんたんと歌われている。砂漠を吹く風はきつい。砂嵐が吹きすさぶとき、少ない植物は根こそぎ掘りかえされる。こういうわかりやすい情景であるが、なぜ、「よもぎ」なのか。

この歌で「都の方へ飛んで行く」植物として、蓬を選択した要因が、賢治にあったと思われる。『唐詩選』をみよう。盧弼《ろひつ》の「和李秀才辺庭四時怨」である。科挙に合格した李という友が「辺庭四時怨」をつくり、それに和した。

八月霜飛柳遍黄　　八月霜飛ンデ柳遍ク黄ニ
蓬根吹斷雁南翔　　蓬根吹キ断エテ雁南ニ翔ル
隴頭流水関山月　　隴頭ノ流水関山ノ月
泣上龍堆望故郷　　泣イテ龍堆ニ上ツテ故郷ヲ望ム

蓬が根こそぎ、風によって吹かれて転がるさまが浮かぶ。蓬は山野に自生して一メートルほどの背丈になるが、低栄養の砂漠では低く細くなるのである。「蓬莱」という言葉がすぐさま連想されるように、古来、生命力が抜群であるから、不老不死の仙人と関連した薬草とされる。そのために魔除けのシンボルになり、縁起のよいイメージがつきまとうとされてきた。砂漠の厳しさがこの生命力の強い蓬根の二字で鮮明になる。張仲素の「塞下曲」(『唐詩選』)にも「蓬根」が使われている。

朔雪飄飄開雁門　　朔雪飄飄トシテ雁門ヲ開ク

平沙歴乱捲蓬根
功名恥計擒生数
直斬楼蘭報国恩

平沙歴乱トシテ蓬根ヲ捲ク
功名擒生ノ数ヲ計ルヲ恥ヅ
直チニ楼蘭ヲ斬ツテ国恩ニ報ゼン

平らな砂漠に風が吹き、砂が流され、蓬の根もころころ吹き流されていく情景が背景になっている。

以上引用した二つの漢詩から、砂塵に舞う蓬が砂漠の限られた植物であるだけに、必須の点景であることもわかる。賢治はこの欠かせない材料を見逃すことなく、運命を把握できない兵隊に譬えているように思われる。北守将軍の兵隊たちにつきまとう戦争の暗部は、測り知れない砂漠の環境と同じものであって、それに必死に抵抗して生き抜こうとするのは兵隊も蓬も同様である。蓬が戦さに耐え、平和の都に戻れた兵隊の生への渇望とともに喩えられて、生き抜くことを示唆しようとしている。これに対応し、凱旋は戦争の暗部の裏返しの表現であろう。

「雁」が、なぜ「干せてたびたび落ちた」のか

『唐詩選』に載っている高適の詩「別董大」に「雁」が出てくる。この詩は、演奏しながら流浪の旅をつづける董大に、別れるときに、その才能はいつか認められるだろうとして贈ったものである。

十里黄雲白日曛
北風吹雁雪紛紛
莫愁前路無知己
天下誰人不識君

十里黄雲白日曛ズ
北風雁ヲ吹イテ雪粉粉
愁フルコト莫シ前路知己無キコトヲ
天下誰人カ君ヲ識ラザラン

高く飛ぶ雁に北風が吹きつけているが、それまでで、落ちてはこない。雪が降りしきって止まない薄明るい空模様が背景になっている。こちらの詩の雁は悪い環境におかれていながらも、なお、再生への渇望と躍動を強く求めようとしている。季節に応じて南から北へ、北から南へ渡りの飛行をする雁に、再起と変身を願う旅の音楽士がだぶる。北守将軍も砂漠を漂流しつづけ生き抜いたわけで、雁と似たところである。

しかし、童話『雁の童子』で、賢治は雁を特別な意味付けで使った。この作品は、七羽の雁が次から次に天から落ちてくる話から始まる。雁は「天の眷属」という位置付けで、「罪があって」雁の形にされていた。その罪の内容をここではとりあげないが、雁というものが刑罰の具象であることに、賢治が注目していたことに留意したい。即ち、雁が聖なる者の「罪」の象徴という認識であろう。

ところで、この認識の根源を掘り下げていくと、古代印度、中国にすでに根付いていたことがわかる。昔、印度のマガダ国の僧は、空から落ちてきた雁が菩薩に化身したと思い、塔を建てて供養した話が伝わっている。堕落してもなお飛騰して菩薩になれた雁の転生に、迷いにはまり、罪を負った者たちの希望の火が点る。救いの灯火である。免罪符を手にいれることができる希望を感じ取る。こういう暗示と象徴を映したのが雁であろう。

舞台を中国に戻す。唐初期、太宗李世民(在位六二六—四九)の後、皇帝を継いだ第九子・高宗李治(在位六四九—八四)は心優しい性であったと言う。母は太宗の正妻である長孫皇后であった。この母の菩提のため六四八年、長安南に慈恩寺を建立した。六五二年、玄奘が印度から持ち帰った膨大な経文を収めるため、「塔」を建てた。この塔の名称が「大雁塔」である。苦悩と迷いから救い出してくれる貴重な経文が収まる塔にふさわしい「雁」である。『西遊記』に玄奘が取経して帰ってからの第一回目の暗経の場はやはり、この「雁塔」である。

大雁塔建立に協力した高宗の冥福を祈り、六八四年に創建の薦福寺に小雁塔が七〇九年に完成している。大・小の「雁塔」はそろって飛翔の外観を呈して、希望・再生を見るものに印象付けるようである。こうした慈恩寺および「雁塔」についての知識を賢治が得ることができたひとつのルートがやはり『唐詩選』に見つけられる。たとえば、荆叔の「題慈恩塔」、また岑參も「浮画同登慈恩寺　与高適薛據」を詠んでいる。

このように、「雁」に託される宣揚の意味を敏感に、賢治は汲み取ったのではないかと想像させる。

「堕ちた」雁にも、賢治は飛翔・希望を託したのではないか。もしも北守将軍に同じパターンの「罪」があって落ちたと描写すれば、おそらく避けられない参戦と、戦場で無意味な犠牲者を出さざるを得なかったことであろう。たとえ、敵兵の死が全員、脚気によるものであっても、戦場であるからには無意味さがつきまとう。

風は乾いて砂を吹き
雁さへ干せてたびたび落ちた

北守将軍がみずから歌った軍歌に、一身に罪を背負う雁が描かれたのではないか。亡くなった兵隊も「雁」とされてもよい。参戦と殺生の「罪」により砂漠に落ちたのであろう。北守将軍と兵隊たちがやむをえず戦さに紛れこまされたとはいえ、真剣に殺生の責任を考えれば考えるほど、自責の念が深まるようである。これは同時に賢治自身の深層に内包された問題意識でもあろう。

ところが、『北守将軍と三人兄弟の医者』が発表されたのは一九三一年(昭和六年)七月二〇日であった。この年三月、政変を企図した軍部行動が未遂に終わった三月事件、九月一八日には満州事変が勃発した。翌年三月一日、「満州国」の建国。日中間の緊迫した状態の下で、賢治は戦争を「業」と受け留め、罪ある「雁」に問題意識を託して精いっぱいの平和主義を説こうとしたのではないか。

7　詩心がとらえた中国を探るために

日本は明治維新の成功で欧化主義に覆われたが、明治期はまだまだ素養として中国古典が必読の域にあったといわれる。賢治が文学に目覚めたときから、蔵書リストにあるように『唐詩選』や『漢文大系』その他の中国古典を大いに読みふけったことは充分に想像できる。しかし、賢治は一度も中国を訪れなかった。古典の名作を読みながら、中国の心象スケッチの枚数を増やすほかなかった。その代表的な集大成が『北守将軍と三人兄弟の医者』という斬新な創作であったと位置付けできよう。

西域が舞台である『北守将軍と三人兄弟の医者』に象徴的に見られるように、賢治の「西」への想いは、先人が見つめた世界の追体験に満ちた内容であった。同時に、日中戦争への道を歩んでいた当時の時代の空気にあって、賢治は「北守将軍」の生き様に平和を願うメッセージを委ねていたのである。現実を透視して、時代に敏感な詩心でもって描いたのである。

以上見てきたように、『北守将軍と三人兄弟の医者』が『唐詩選』に拠っていることからいえば、ある種の借景の作品でもある。日本には中国古典の素材や物語の筋をヒントにした借景作品が、明代の瞿佑の怪奇小説『剪燈新話』によった「浅茅が宿」などを収めた上田秋成の『雨月物語』を例にするまでもなく、かなり多く存在する。しかし、独創的な借景作品は、作家にとって、飛躍へのひとつのステップでもあった。

しかし踏みこんで考えると、賢治流の借景技法は創造的再生の性格を持ち、特殊である。中国の古典の海を泳ぎながら多種多様のエッセンスをつまみ出していったところにある。好き嫌いなしに食するようなものである。偏食せず、古典の滋養を存分に汲みとって、咀嚼していった。単なる引用ではない。単純な翻案でもない。いろいろな出典を渡り歩いたと言うべきであろう。数多い賢治の作品群を見渡して、『北守将軍と三人兄弟の医者』は『唐詩選』の母体から生まれた混成の産物ともみなせるのである。いわば異彩を放つ中国古典の生まれ変りである。こうした賢治流の創造的借景・合体技法は詩的な濾過が欠かせないことを見逃せない。「心象の記号」で綴った数々の作品はいずれも日中文化の混成による詩的再生であった。

賢治と『唐詩選』の関わりについては『北守将軍と三人兄弟の医者』だけにとどまらない。本書では他の作品との検証は割愛せざるをえず、また詩的な余韻をとらえなおす試みにとどまった。賢治の詩心および詩的再生を考察していくアプローチが迫られているが、今後の課題とさせていただこう。

【資料①】『唐詩選』に見られる砂漠の戦場を詠う主な作品一覧
——『和漢名詩鈔』に重複する場合、「(和)」で示す——

王昌齢　「従軍行」
王　維　「使至塞上」
　　　　「送平淡判官」
(和)　「送劉司直赴安西」
王　翰(和)「涼州詞」
杜　甫　「登丘陽楼」
　　　　「後出塞」
李　益　「聴暁角」
岑　參　「九日使君席奉餞衛中丞赴長水」
(和)　「磧中作」
張子容　「水調歌第一畳」
　　　　「涼州歌第二畳」
張仲素　「塞下曲二首」
張　巡　「聴笛」
高　適　「使清夷軍入居庸」
(和)　「別董大」

楊　炯　「従軍行」
厳　武　「軍城早秋」
儲光義　「關山月」
盧　綸（和）「和張僕射塞下曲」
盧　弼　「和李秀才邊庭四時怨」
駱賓王　「宿温城望軍菅」
劉長卿　「平蕃曲二首」

【資料②】　本編に引用した中国古代の詩人とその詩題と出典一覧（登場順）

杜　牧（八〇三―八五二）「江南春絶句」（『全唐詩』五五二巻『和漢名詩鈔』にあり）
西鄙人（八世紀、作者不祥）「哥舒歌」（『全唐詩』七八四巻）
李　頎（生没年不祥）「崔五丈圖屛風賦得烏孫佩刀」（『全唐詩』一三三巻「崔五丈圖屛風各賦一物得烏孫佩刀」）
岑　參（七一五―七七〇）「白雪歌」（『全唐詩』一九九巻『和漢名詩鈔』にあり。「白雪歌送武判官帰京」）
王　翰（六八七―七二六）「涼州詞」（『全唐詩』一五六巻「涼州詞二首」）
常　建（八世紀前半）「塞下曲」（『全唐詩』一四四巻「塞下曲四首」）
王　烈（八世紀後半）「塞上曲二首」（『全唐詩』二九五巻）
李　白（七〇一―七六二）「秋浦歌」（『全唐詩』一六七巻「秋浦歌十七首」）

劉廷芝（六五一—六七九？）「代悲白頭翁」（『全唐詩』八二巻　劉希夷「代白頭翁—作白頭吟」）
張九齢（六七八—七四〇）「照鏡見白髪」（『全唐詩』に入っていない）
張　喬（九世紀末）「宴邊將」（『全唐詩』六三八巻）
杜　甫（七一二—七七〇）「韋諷録事宅觀曹將軍畫馬圖引」（『全唐詩』二二〇巻）「丹青引贈曹將軍覇」（『全唐詩』二二〇巻）
杜審言（六四五？—七〇八）「送崔融」（『全唐詩』六二巻）
蘇　綸（六七〇？—七二七？）「同餞楊將軍兼源州都督御史中丞」（『全唐詩』七四巻「同餞陽将軍兼源州都督史中丞」）
岑　參「封太夫破播仙凱歌二首」（『全唐詩』二〇一巻「献封大夫破播仙凱歌六首」）
杜　甫「送孔巣父謝病歸遊江東兼呈李白」（『全唐詩』二一六巻）
劉長卿（七〇九？—七八五？）「平蕃曲二首」（『全唐詩』一四八巻「平藩曲三首」）
盧　綸（八世紀後半）「和張僕射塞下曲」（『全唐詩』二七八巻）
沈佺期（六五六？—七一四）「邙山」（『全唐詩』九七巻）
杜　甫「房兵曹胡馬」（『全唐詩』二二四巻「房兵曹胡馬詩」）「高都護驄馬行」（『全唐詩』二一六巻）
盧　弼（九世紀末—一〇世紀初め）「和李秀才辺庭四時怨」（『全唐詩』六八八巻）
張仲素（九世紀前半）「塞下曲二首」（『全唐詩』三六七巻「塞下曲五首」）
高　適（七〇一？—七六五）「別董大」（『全唐詩』二一四巻）
※　詩題は宮沢賢治が確実に読んだと判断できる『唐詩選』（『和漢名詩鈔』）による。『全唐詩』

との違いは括弧内に明記した。

※『全唐詩』では劉廷芝が劉希夷になっている。括弧内で触れた。

エピローグ　宮沢賢治と私

——「永久の未完成これ完成である」——

以上の二部に共通して意識していたのは、宮沢賢治における日中の文化の混交と融合による〝創造〟をあきらかにさせようとすることである。マルチ人間である賢治の重要な部分でありながら、従来スポットが当たることの少なかった中国、中国古典との関わりの面から照射しようと努力した。賢治像のこの新たな一面が認知されれば、複合的な賢治の実像により迫ることができるだろうと信じたからである。

賢治像にどう迫るか、多面的な実績をアプローチから見たとき、日本、西洋、中国の大きく三地域の文化から迫るルートの中では、これまでもっとも研究の薄かったのが中国ルートであろう。その中国からのアプローチに浅学非才を隠さず試みた。先行研究という灯台が見えない海原に漕ぎ出したつもりで、ひと漕ぎずつ検証に努めた。しかし、未熟なこの研究が「永久の未完成」であるが、今後の賢治及び日本研究に微小でも、灯明をともし得たならば幸甚この上ないと思う。

1　テクストについて

ここで本書で使用したテキスト等についてお断りしたい。

賢治の作品の引用にあたっては、全作品をほぼ網羅収録している筑摩書房『新　校本宮沢賢治全集』(全一六巻、一九九五年五月〜九九年四月)を使った。『〔　〕』やルビなど、作品名・引用文の表記も、それに従った。

賢治関連の年表は主として堀尾青史編著『宮澤賢治年譜』、賢治およびその作品に使う語彙は主として原子朗著『新宮澤賢治語彙辞典』を使った。

賢治がどういう中国古典を読んでいたのか。賢治の作品に「中国」を感じたとき、この課題がつねに突きつけられた。しかし、この課題解決は想像を伴う作業にならざるを得なかったというのが正直なところである。この推察を助けてくれた貴重な、数少ない資料を挙げれば次の諸文献である。

・奥田弘『宮沢賢治の読んだ本―所蔵図書目録補訂』(同人誌『銅鑼』第四〇号)

・賢治書簡で触れたもの。例えば、『和漢名詩鈔』

・賢治の出身校・盛岡高等農林学校編集『盛岡高等農林学校圖書館和漢書目録』(それに「昭和九年三月末日現在本館所蔵ノ和漢書」が分類集録されている。それは、「二十門」に分類され、全体は計五七一ページにのぼる。この中の「昭和九年三月末日現在本館所蔵ノ和漢書ヲ分類収録ス」の項参照)

・上野図書館と帝国図書館各目録(賢治が上京の折通う。作品や書簡、知人・生徒の証言による)

以上を手掛かりに、賢治の時代に出版され、賢治が読んだ可能性の範囲にある主な中国古典を賢治蔵書リストも参考にして調べた結果、次のように整理した。

・西遊記　一九〇五年(明治三八年)五月刊　博文館編輯局編帝国文庫・四大奇書　盛岡高等農林学校図書館蔵・賢治蔵書

・和漢名詩鈔　一九〇九年(明治四二年)一〇月刊　結城蓄堂　文会堂　賢治書簡(6)

・續和漢名詩鈔　一九一五年(大正四年)一〇月発行　結城蓄堂　文会堂　盛岡高等農林学校図書館蔵

・漢文大系　一九一〇年(明治四三年)二月～一九一六年(大正五年)刊　冨山房　盛岡高等農林学校図書館蔵・賢治蔵書

1(三版)、大学説　中庸説　論語集説　孟子定本　2、箋理古文眞宝　増注三

体詩　箋注唐詩選

3、唐宋八家文・上

4、唐宋八家文・下

5、十八史略　小学纂注　御注孝経　弟子職

6、史記列傳・上

7、史記列傳・下

8、韓非子翼毳

9、老子翼　荘子翼

10、左氏会箋　上

11、左氏会箋　下

12、毛詩　尚書

13、列氏　七書

14、墨子問詁

15、荀子

16、周易　傳習録

17、禮記

18、文章軌範　文詩賞析

19、戦国策正解

20、淮南子　孔子家語

21、管子纂詁　晏子春秋

22、楚辞　近思録

・西蔵旅行記　一九〇四年(明治三七年)三月　河口慧海　盛岡高等農林学校図書館蔵

・易経　一八八一年(明治一四年)一二月　盛岡高等農林学校図書館蔵

本書は引用する必要があるとき、以上の文献を主にした。漢詩の引用について、原詩と読み下し文、それに現代訳の三点を並べるのが最適であるが、本書は現代語訳を省略している。理由は、なるべく賢治の読み方に接近したく、賢治蔵書にある『唐詩選』をテキストにしたから

である。それは一九一〇年(明治四三年)四月刊行された『漢文大系』第二巻(富山房)も現代語訳がなされていない。

もう一つは賢治の『唐詩選』に対する姿勢による。賢治の作品には典拠を明記したものは一点もない。速読を習慣にした賢治は古典や文献に目を通しながら、その心象を汲み取り、自分の脳裏に創出される「相対映像」を蓄積させていった。賢治の独特なこの速読は精確な訳をたどったり、意味を追ったりすることを目標にしたものではなかったろうと推察させる。おそらく漢字の一字一句にこだわるのではなく、『唐詩選』の映す瞬間的な心象を大事にした読み方をした。この読み方ゆえに、賢治は読書メモなどをつけることもなく、心象を蓄積し、溜まった心象を膨らませて自己の作品に投射させていった。心象の質を高めるためにも『唐詩選』などの速読を積み重ねたのが、賢治の読書法であろう。本書は、賢治の心象スケッチの形成プロセスを推測してたどることを課題にしたものであり、『唐詩選』研究は補完的な位置付けとしたので、詩の解説作業ついては自ずから不十分さを免れない。この研究そのものの制約であることを断っておきたい。

賢治の時代、多くの中国古典が刊行されている。前述のリストはほんの一部にすぎない。原書に近い型から読み下し文混じりの型、日本古文調の意訳も多くあった。たとえば、賢治の蔵書にあった『西遊記』は意訳も多く、原書と比べて省略部分もかなりあった。『西遊記』の訳も賢治の時代に諸種あったことが確かめられている。

賢治の弟・清六氏の証言によると、賢治は幼少の時から『西遊記』を愛読した。したがって、最初は少年向けの内容に親しみ、やがて賢治蔵書リストにある『西遊記』あるいは他の版本に接したとみるのが順当な見方であろう。したがって、賢治に影響を与えた『西遊記』の版元は決めにくいところがある。このため作品の真髄が十分に翻訳され、解説もわかりやすく、正確な逐語訳による現代語訳を選択した。本書は、『西遊記』から引用する場合、『西遊記』研究で信頼される中野美代子・小野忍両氏訳の岩波文庫版全一〇冊(一九七七年一月〜一九九八年四月刊行＝第一—三冊小野氏訳・第四—一〇冊中野氏訳)を使用した。

さらに、賢治は前記リスト以外の中国古典も読んでいたことは間違いないが、賢治の蔵書の多くは先述したように戦災に遇い、焼失している。「蔵書リスト」は戦後、賢治研究家が、幸い被災を免れた蔵書をよりどころにして整理したものであり、焼失した蔵書の内容については不明である。このような理由もあって賢治が読み、活用した書物の精確な再現は不可能であるものの、賢治が読んで影響を受けたのは必ずしも蔵書に限定されるものでないとみるのは無理がないと思われる。今となっては賢治が中国という童話舞台の心象を構築するのに、多岐にわたる出版社の『西遊記』を、また漢詩関係でも『唐詩選』のほか多様な書物を読んでいたであろうと想像するしかない。

しかし改めて、賢治の当時に遡って文献を整理していて、漢文調、漢文体、ひいては漢文(中国語)そのままの内容のものが想像以上に多いことに気づかされる。漢文の素養がなければとても読みこなせない。このことからも、賢治がいかに漢文の造詣に深かったか、確信することができる。それだけ、中国古典の面からの賢治研究の重要性が認識されていいはずである。

なお、二部を通して、表記上の断りについて述べておきたい。

まず、引用した文献・著書・著作の括弧表記についてである。古典など諸文献は二重括弧『 』にした。例えば、『西遊記』『唐詩選』などである。この諸文献の一部や、単行書所収の一部の編・論文については普通の括弧「 」にした。例えば、『西遊記』第一九回「雲桟洞《うんさんどう》にて悟空 八戒を収め 浮屠山《ふとさん》にて玄奘 心教を受く」のように表記した。

賢治の著作については、『春の修羅』の詩集のほか、生前刊行の『注文の多い料理店』以外の童話も二重括弧にした。まとまった散文作品『農民芸術概論綱要』なども二重括弧にした。そして、普通括弧にしたのは、詩集を構成している単品作品、および散文作品中の小編である。例えば、『農民芸術概論綱要』「農民芸術の製作」のように表記した。

また、引用した漢詩の漢字表記についてであるが、賢治が接した旧字体での表記が望ましい場合もあろうが、新字体で示したことを断っておきたい。

西暦と元号表記については、西暦表記が一般的になりつつある傾向にあわせ西暦を原則としたが、同時に続けて括弧内に元号年を記すようにした。しかし、元号による表記も賢治の誕生(明治二九年＝一八九六年)から没年(昭和八年＝一九三三年)の時代把握には有効であるため、作品・資料の引用にあたっては元号のみの表記を一部重んじた。

2　混成型人間像からの啓示

最後に、本書中でも述べたことと重なるところもあるが、私の〝宮沢賢治象〟を述べて結びとしたい。

賢治が自ら名づけた「心象スケッチ」とは、他の作品から摘み取ってきた星々がつながって形つくった星座である。この意味では、中国古典は賢治にとって、霊感やヒントの生まれる星空であった。明治・大正期の日本は中国古典に関する教養が必須であったが、賢治はより多く知り、より深く考える「中国通」であった。中国古典の海を泳ぎながら、エキスを汲み取り作品に投射する技術は賢治の独壇場である。作品になったときは、もはや中国古典の跡形は見えなくなっているのである。賢治の高度な借景技法とも言うべきではないか。

これが同時に賢治の心象世界を立体的に構築させていき、混成文化的性格を持たせた。これにさらに他国の文化の影響も加わると、ますます多彩に、普遍性を持つ。作品の多くは諸文化が渾然一体となった表現であり、それは賢治自身がまさしく混成文化そのものを自己のものにしていたからであろう。混成文化の普遍性を見ていたからであろう。

民族・国境を超えて受け入れられる賢治の作品であるが、一方で私も含めて、一般の中国人の感覚からは不可解に思うところもあった。

作品を具体的に取り上げる。いい例が『よだかの星』である。鳥の「よだか」が虫を殺して食べていることを悔い、死を覚悟しながら空高く舞い上がる。『烏の北斗七星』では主人公の烏の大尉が敵の山烏と戦う前に、戦えば殺生してしまうと苦しむ。いずれの場面も中国人なら、いくつかの疑問がかすめる。「よだか」がなぜ、虫を食べることを悔いるのか。山烏を敵としたのになぜ、征伐するのを躊躇してしまうのか。そして殺した山烏をなぜ、丁重に葬ったのか……。このような疑問が生じた背景には、中国における一般的な儒教的発想による死生観が基になっている。拙論を多少要約しながら引用させていただきたい。

中国史上、儒教批判が幾度かあった。現代史ではとくに、社会主義体制のなかで文化大革命(一九六六―七七年)期に全国的な批孔運動があったが、中国人に染みこんだ儒教は強靭であった。儒教は仁・義・礼・智・信の五徳を生き方の骨格とした。生きる大切さを懸命に説いた結果、中国人の現実的な考え方を育て、生への執着に発展した。死というものを考える場合も生がベースになる。個人の死が一族だけでなく子孫にまで影響を与える。立派な死は「仁」「義」、また、「信」の表れとされるうえ国家と組織に対して「忠」、先祖と一族に対して「孝」とされる。孔子の言葉では「志士仁人は生を求めて以って仁を害すること無し。身を殺して以って仁を成すこと有り」である。

中国人によって、対照的な死の事例が南宋の岳飛(一一〇三―四一)と秦檜(一〇九〇―一一五五)である。宋は北方の金に攻められ南に逃げて南宋を樹立したが、金と徹底抗戦を叫んだのが武将の岳飛である。南宋の宰相の秦檜は講和を進めようとして、岳飛が邪魔になり、秦檜は勝ち戦さの連続で意気あがる岳飛を戦場から引き揚げた。あげくに、逮捕して獄中で毒殺してしまった。大義を遂行中の不運な死であった。南宋の都だった杭州にある「岳王廟」は彼を慕う後世の贈り物だ。

岳王廟を入ってすぐ、鉄の柵に囲まれて秦檜夫妻の像がひざまずき後ろ手に縛られてさらされている。

中国人の死生観は普通、儒教的考え方によるところが大きい。儒教は、紀元前春秋戦国時代の孔子の思想に基づいて大系付けられた。中国人の考え方に大きな影響を与えてきたものとされている。秦檜夫妻像につばを吐きかける中国人が後を絶たない。忠でなかった憎悪の対象を後世の人々は九〇〇年以上たっても忘れない。こうした「死者に鞭打つ」行為は中国人には自然な心情である。反対に、儒教の五徳に篤かった生き方をした岳飛を称えることを忘れないでいることと比べて対照的である。

(拙論「同文同種の思い込みが生む認識の誤作動」)

したがって、現代に至っても中国では一般的に大義に反して死んだ場合、いかなる者も往生できず、罪から解放されないとされる。

しかし、日本では古来、悪人も刑死によって救済されるところがある。罪を背負いながらも自殺によってその罪を償う行為が存在する。このように、死を禊《みそぎ》の行為とみなしたり、ときには神聖視したり、美化したりする。この死生観はおそらく、仏教(大乗)だけでなく神道、それに武士道の三つが醸成しあったものであろう。現在でも見られる具体的な例が挙げられる。

日本で「針供養」など様々な供養が一般化しているのに愕く中国人が多い。夏、ウナギを食べながら後日「鰻供養」をとりおこなうところがある。針は使われて当たり前、ウナギは人間に食べられて当然。現実的な中国人には、不可思議な供養が日本人の心をつかんでいるようにみえる。(同前)

以上の引用は、日中の死生観の違いを指摘したものである。賢治の作品の不思議さは国際性と地域性の共存にあると、本書を通じて述べてきた。賢治の作品に、中国人の眼のほかに日本人の眼も加わった複眼でよくよく理解できるに至ったとき、国境を超えた響きを届けながら、こうした『よだかの星』のように、また『烏の北斗七星』のように、日本固有の死生観、ないしは日本的な思考を同時に内包していることに気付いたのである。

これら作品をある価値観から見れば、「死の美学化へのやみがたい誘惑がある」（押野武志『宮沢賢治の美学』）とされる。しかし、これこそ日本文化全体に通じる特徴と共通しているところとも言える。これを賢治の作品は自然なかたちで示唆しているわけである。

日本の作家を見渡せば、コスモス型とローカル型の共存した賢治は貴重である。賢治作品を貫く日本的なものの発見は、私にとって、賢治の理解を根本的に前進させ、日本研究への切り口になった。賢治はもっとも日本古来の精神性に支えられており、作品の要所要所で、あるいはストーリーの展開の大事な部分で、死生観のような日本的な心の裏打ちがあると分かった。賢治研究が日本文化と日本人を理解させる標識を提供してくれるに違いないという意義を見出すようになった。また、賢治の作品が日本理解のための簡便な教科書的な意味をもつこともあるのではないかと考えるにいたった。

やはり賢治は日本人である。普遍性を持ちながらも「極めつきの混成文化」という性格の日本文化を体現した存在と言えよう。賢治文学の普遍性あるいは、その文学の宇宙的色彩といわれるものは、実は混成文化性に帰着すると思われる。今まで見逃されていた賢治のこの隠れた特徴が、日本の作品でありながら、世界各国の、多くの民族の心を捉える吸引力の淵源になっているのであろう。賢治文学にどこか日本的な作品の域を超えたところがあるとされるのは、「混成文化」の昇華ゆえであると理解できよう。

グローバルな視野が必要とされるのが今の時代である。「混成文化」を土壌にした発信に極めて意義がある。賢治文学の真髄に触れていくことで、「混成文化論」（青木保『日本文化論の変容』など）を射程内にとり入れられるであろう。おそらく、これは賢治も時空を超えて現代に語りかけたいことであろう。そのために、苦悩を避けずに探求し、答えを求めて試行錯誤する。実践こそ貴く、「求道すでに道である」（『農民芸術概論綱要』「序論」）。そして「永久の未完成これ完成である」（『農民芸術概論綱要』「結論」）。これは、どの国においても、どの民族にとっても、どの文化にも通じる普遍的な思索の原則であり、国際人としての基本的なスタンスでもあろう。

私は、宮沢賢治のどこにひかれているのか。

こうした質問が時々なされる。答えは角度によって多様に出てくるが、突っ込んだところで言うなら、彼の混成文化的性格をあげたいのである。賢治作品に投射された中国の知識がきら星のごとく散りばめられて、中国について考えさせられた。母国のことでありながら知らなすぎたことを恥じいるばかりあった。恥を感じたと同時に、異文化との出会いがこれだけ人を大きく、豊かにさせられたことを発見してショックをうけた。これまでの外国文化を考える時のあり方を反省した。それは中国文化、しかも限られた範囲の自己中心の文化であった。賢治という素直な鏡を前にして、これまでの考え方とあり方が大きく揺れ始めた。

それは私が賢治を前に謙虚になるよう自戒する鏡である。この鏡に映すことによって、私自身の限界を知り、混成型の、心も視野も広い人間になりたくなった。実は中国の大学院での卒論に宮沢賢治を書いた。その後、日本研究の対象として賢治は大きな価値があると思うようになったが、まだまだその成果の少ないのが正直なところである。中国での賢治研究をみても、私の大学院卒業論文(一九八一年)を含めても、この二〇余年で一〇件内外であろう。この現状が私を博士論文(お茶の水女子大・二〇〇〇年一二月二五日学位取得)の執筆に向かわしめることにもなった。申し遅れたが、本書はその博士論文をもとになりたっている。

私にとっては自己改革と日本理解・日本研究が裏表の関係である。二つの因数とするなら、実はその連立方程式の解答が賢治研究である。この解答法は多くのアジア人に通用すると思われ、アジア人の関心が賢治研究にもっと向ってほしいと願わずにいられない。この意味で、中国と賢治の関連に視点を置いた本書に、日本からアジアへの文化発信のひとつにしたいという願いをも込めた。

賢治に惹かれて、私流の賢治研究を発表できるところへ辿りつくのに二〇年以上かかった。その間、賢治がいつもそばで静かに笑って励ましてくれているような気分があり、自分を幸せ者と思う。しかし、お茶の水女子大元学長佐藤保先生が人生の師として、いつもいつも戸惑いから導いてくださらなければ、また同大学の優れた賢治研究家でもある大塚常樹先生及び鈴木泰、窪添慶文、相原茂、宮尾正樹、和田英信諸先生の適切なご指導に頼らなければ、賢治は私から去って行ったことであろう。さらに、本書をこのようにまとめられたのは、宮沢清六先生、賢治研究家の天沢退二郎、奥田弘、萩原昌好、原子朗、栗原敦諸先生、シルクロード研究家金子民雄先生の温かいご支援のほか、資料の面で東京成徳大学図書館の職員、宮沢賢治記念館の館長を始め職員、及び作家牧野立雄氏、プロデューサー村上憲男氏など多くの方々の親切なご協力が得られたからである。そして、岩波書店の編集者柿原寛氏の努力のもとで、本書が出版されることがかなった。皆様に心からお礼を申し上げます。私の「九拝」を眺めて、賢治も頷いてくれるであろう。

主な引用・参考文献一覧

プロローグ・エピローグ

宮沢清六『兄のトランク』筑摩書房、一九八七年
押野武志『宮沢賢治の美学』翰林書房、二〇〇〇年
青木保『「日本文化論」の変容』中央公論社、一九九〇年
青木保『アジア・ジレンマ』中央公論新社、一九九九年
王敏「国際人としてよみがえった宮沢賢治」TBSブリタニカ年鑑『ブリタニカ国際年鑑一九九七年版』所収・一九九七年四月
王敏「同文同種の思い込みが生む認識の誤作動――日中歴史観のずれを中心に」岩波書店『世界』一九九九年一一月号
萩原昌好『宮沢賢治「銀河鉄道」への旅』河出書房新社、二〇〇〇年
天沢退二郎編『宮沢賢治ハンドブック』新書館、一九九六年

第一部

大塚常樹『宮沢賢治 心象の記号論』朝文社、一九九九年
大塚常樹『宮沢賢治 心象の宇宙論』朝文社、一九九三年
堀尾青史編『宮澤賢治年譜』筑摩書房、一九九一年
原子朗『新宮澤賢治語彙辞典』東京書籍、一九九九年

奥田弘『宮沢賢治の読んだ本――所蔵図書目録補訂』同人誌『銅鑼』第四〇号、一九八二年一一月
盛岡高等農林学校編『盛岡高等農林学校圖書館和漢書目録』一九三七年三月
金子民雄『宮沢賢治と西域幻想』中公文庫、一九九四年
『中国学芸大事典』大修館、一九七八年
中野美代子・小野忍共訳『西遊記』岩波文庫版全一〇冊、一九七七年～一九九八年
『日本古典文学大辞典』岩波書店、一九八五年
境忠一『評伝宮沢賢治』「所蔵図書目録」桜楓社、一九六八年刊
宮沢賢治を愛する会編『宮沢賢治エピソード313』扶桑社、一九九六年
『広漢和辞典』大修館、一九八二年
鈴木健司『宮沢賢治　幻想空間の構造』蒼丘書林、一九九四年
八重樫昊編『宮沢賢治と法華経』(復刻版)、図書刊行会、一九八七年
奥山文幸『宮沢賢治《春と修羅》編――言語と映像』、双文社、一九九七年
『賢治と歩く盛岡』盛岡観光会・一九九五年
『漢書』(後漢・班固)本田済編訳、平凡社、中国古典文学大系第一三巻、一九六八年
水谷真成訳『大唐西域記』平凡社、中国古典文学大系二二、一九七九年二版
堀謙徳『解説西域記』前川文栄閣、一九一二年
島地大等編『漢和対照妙法蓮華経』明治書院、一九一四年(大正三年)
『大唐大慈恩寺三蔵法師伝』東方文化学院京都研究所、一九三二年(昭和七年)
袴谷憲昭・桑山正進著『玄奘』大蔵出版、一九八一年
『孫悟空』(博文館『世界お伽噺』)第一〇冊、一九〇〇年(明治三三年)

武者小路実篤『仏陀と孫悟空』(芸術社『武者小路実篤全集』所収)一九二〇年(大正九年)
佐藤隆房『宮沢賢治――素顔のわが友』桜地人館、一九九六年
増子義久『賢治の時代』岩波書店、同時代ライブラリー、一九九七年
紀男一美『宮沢賢治の詩と法華経』教育新潮社、一九六七年
栗原敦『宮沢賢治透明な軌道の上から』新宿書房、一九九二年
山内修編著『宮沢賢治』河出書房新社、一九九三年、三版
天沢退二郎『謎解き・風の又三郎』丸善ライブラリー、一九九一年
ますむら・ひろし『イーハトーブ乱入記』ちくま新書、一九九八年
安藤恭子『宮沢賢治〈力〉の構造』朝文社、一九九六年

第二部

『北守将軍と三人兄弟の医者』(佐藤一英編『児童文学』第一冊)文教書院、一九三一年七月
奥田弘「宮沢賢治と『和漢名詩鈔』――その詩歌への投影について」同人誌『銅鑼』第二一号一九六九年
倉田卓次「思い出の美少年」、遠藤麟一郎『墓一つづつ賜はれと言へ』青土社、一九七九年
『新校本宮沢賢治全集・第11巻校異篇』筑摩書房、一九九六年
王敏『謝々! 宮沢賢治』河出書房新社、一九九七年
多田幸正『賢治童話の方法』勉誠社、一九九六年
結城蓄堂編『和漢名詩鈔』文會堂書店、一九〇九年(明治四二年)一〇月
結城蓄堂編『續和漢名詩鈔』文會堂書店、一九一五年

佐藤保『中国の詩情　漢詩をよむ楽しみ』日本放送出版協会、二〇〇〇年
芥川龍之介『杜子春』角川文庫(他一五編所収)、一九六八年
『啄木全集』第一巻、筑摩書房、一九六七年
『漢文大系』全二二巻、冨山房、一九〇九年(明治四二年)一二月～一九一五年(大正四年)九月
『全唐詩』中華書局、一九六〇年、全二五巻
多田実「歌稿A[青びとのながれ考]」宮沢賢治学会イーハトーブセンター『宮沢賢治 Annual』第一〇号所収、二〇〇〇年三月
『本草綱目』(明代・李時珍)商務印書館、一九五四年
『もりおか物語(8)―肴町かいわい』熊谷印刷出版部、一九七八年
『醫書大全』(一五世紀刊)北里研究所付属東洋医学総合研究所医史文献研究室編、エンタプライズ、一九八九年
岩手県編『岩手県史』九巻、一九六四年
柳田国男『遠野物語』聚精堂、一九一〇年(明治四三年)
内藤正敏「宮澤賢治と佐々木喜善」安藤恭子編『宮沢賢治』若草書房、一九九八年
『杜子春伝』(唐・鄭還古作)(内田泉之助・乾一夫訳著『唐代伝奇』所収)明治書院、一九九六年
池上雄一『宮沢賢治　心象スケッチを読む』雄山閣出版、一九九二年七月
奥田弘「宮沢賢治の読んだ本」栗原敦編『宮沢賢治・童話の宇宙』所収、有精堂、一九九〇年
森荘已池『ふれあいの人々　宮沢賢治』熊谷印刷出版部、一九八八年
宮沢清六『宮沢賢治研究・兄賢治の生涯』筑摩書房、一九六九年
『新釈漢文大系三八』明治書院、一九七三年

佐藤泰正編『宮沢賢治必携』学燈社、別冊國文學・一九八〇年春季号
佐藤成『証言・宮沢賢治先生』農山漁村文化協会、一九九二年
新潮日本文学アルバム12『宮沢賢治』一九八四年
斎藤文一『宮沢賢治―四次元論の展開』国文社、一九九一年
米田利昭『宮沢賢治の手紙』大修館書店、一九九五年
吉見正倍『宮沢賢治の言葉』勁文社、一九九六年
宮城一男『宮沢賢治の生涯―土と石への夢』筑摩書房、一九八〇年
牧野立雄『宮沢賢治 愛の宇宙』小学館ライブラリー、一九九一年
丹治昭義『宗教詩人宮沢賢治』中公新書、一九九六年
菅野禮行『平安初期における日本漢詩の比較研究』大修館書店、一九八八年

《完》

■岩波オンデマンドブックス■

宮沢賢治、中国に翔る想い

2001年6月28日　第1刷発行
2019年2月12日　オンデマンド版発行

著　者　王《ワン》　敏《ミン》

発行者　岡本　厚

発行所　株式会社　岩波書店
〒101-8002　東京都千代田区一ツ橋2-5-5
電話案内　03-5210-4000
http://www.iwanami.co.jp/

印刷／製本・法令印刷

ISBN 978-4-00-730850-5　　Printed in Japan